SIEBEN GESCHICHTEN

NINA BLAZON

SIEBEN-GESCHICHTEN

MIT BILDERN VON
ISABEL KREITZ

ALADIN

INHALT

7 Freunde fürs Leben

43 Katzenwinterland

65 Tante Dori

101 Elchtaufe

118 Das Mädchen im Spiegel

153 Siebensachen

186 Die letzte Geschichte

FREUNDE FÜRS LEBEN

Der Sarg, in dem Faye O'Connor lag, war mit ihren Lieblingsblumen geschmückt. Natürlich wuchsen in Connemara keine Bäume, die Orangenblüten trugen – und schon gar nicht im November, deshalb hatte Fayes Familie teure, künstliche Blumen aus weißem Stoff gekauft. Ein üppiger Kranz aus Seidenblüten bändigte Fayes rote Locken und ließ sie fast wie eine Braut wirken. Doch Megan brachte es nicht über sich, ihre Freundin anzusehen, die aufgebahrt im vorderen Teil der kleinen Klosterkirche lag. Stattdessen konzentrierte sie sich krampfhaft auf die Steinornamente an den Wänden. Als müsste sie es für eine Prüfung auswendig lernen, zählte sie akribisch die Säulen aus grünem, rotem und schwarzem Marmor und studierte die Gesichter der Heiligen auf den bleiverglasten Kirchenfenstern. Im diesigen Schneelicht erschienen ihr die Mienen der

Schutzpatrone fahl und vorwurfsvoll. Rasch senkte Megan die Augen. Neben ihr kramte Dee schniefend nach einem neuen Taschentuch. Dee hieß eigentlich Deirdre, aber solange sie in der Schule das unzertrennliche »Kleeblatt« gewesen waren, hatten sie einander stets nur Meg, Dee und Faye gerufen. Beim Gedanken daran kamen nun auch Megan die Tränen. Sie lenkte ihren Blick in Richtung Altar. Dees Hand glitt in ihre und sie hielten einander so fest, dass ihre Finger pochten.

»Wir werden nie erfahren, wie dieses Unglück geschehen konnte«, sagte vorne einer der Trauerredner. »Die Antwort kennt nur Gott allein.«

Einige Schülerinnen begannen zu raunen. Scheue Blicke streiften Meg und Dee. In einigen davon las Meg Mitgefühl, aber in den meisten stand nur eine Frage. *»Wisst ihr es wirklich nicht?«*

Sie schluckte und biss die Zähne zusammen. Dee neigte den Kopf, bis der Vorhang aus schwarzem Haar ihr Gesicht ein wenig verbarg, und drückte Megs Hand so sehr, dass es schmerzte. Meg wusste, warum ihre Freundin plötzlich so nervös war. Auch Meg war mit einem Mal noch unbehaglicher zumute. Die Rektorin der Klosterschule, eine alte Nonne namens Schwester Maíre, wandte sich jetzt zu ihnen um und sah die Freundinnen über den Rand ihrer dunklen Hornbrille hinweg prüfend an.

Schneewind riss den Trauergästen den Atem in langen weißen Fahnen vom Mund, als sie vor das Gotteshaus traten. Die kleine Kirche lag etwa eine Meile vom Internat entfernt. Wie bei einer Prozession setzten sich die ersten Gruppen von Schülerinnen eilig in Bewegung, frierend in ihren dunkelblauen Röcken, die Kragen ihrer dicken Winterjacken bis zu den Nasen gezogen. Meg und Dee blieben stehen und schauten zu dem winzigen Friedhof neben der Kirche. Die alten keltischen Grabkreuze trugen bereits einen Saum von vereistem Schnee. Doch ein neueres Grab lag im Windschatten. Auf dem schlichten Kreuz konnte man die Inschrift erkennen:

BRIDGET DUNNE
1. März 2002 – 7. September 2017

Dees Worte waren kaum mehr als ein gefrorener Hauch, als sie sich zu Meg beugte und ihr ins Ohr flüsterte: »Glaubst du auch, dass sie es war?«

Meg schrak zusammen, aber Schwester Maíre bewahrte sie davor, ihrer Freundin antworten zu müssen. »Worauf wartet ihr, Mädchen?«, rief sie ihnen in herrischem Ton zu. »Los, zurück zum Kloster!«

Zum Benediktinerkloster Kylemore Abbey gehörte eine Internatsschule, in der nicht nur irische Schülerinnen lebten. Auch Amerikanerinnen und sogar einige Mädchen aus Indien trugen mit Stolz die nachtblaue Uniform und das zur Schleife gebundene rote Halstuch der altehrwürdigen Institution.

Kylemore Abbey erhob sich wie ein wuchtiges viktorianisches Schloss mit Türmen und Zinnen an einem bewaldeten Berghang. An Sommertagen spiegelte sich das weißgraue Gebäude in dem See, der direkt zu seinen Füßen lag. Aber an diesem diesigen Wintertag schienen die Grenzen zwischen Himmel, Erde und Wasser aufgehoben zu sein. Meg kam es vor, als würde das Kloster mit dem wolkigen Grauweiß der zerklüfteten Hänge geradezu verschmelzen. Wie Feenschleier zogen sich Nebelfäden über den vereisten See. Nur die fahlen Spitzen von totem Schilfgras ließen erahnen, wo das Ufer des Polacappul Lake verlief.

Warum hat Faye nicht zum Ufer zurückgefunden?, dachte Megan. *Warum hat sie nicht um Hilfe gerufen?*

Der Wind fauchte ihr knisternden, kristallinen Schnee ins Gesicht. Und Meg glaubte, in seinem Heulen als Antwort ein höhnisches Kinderlied wahrzunehmen:

»Are you a witch
or are you a fairy
or are you the wife
of Michael Cleary?«

Im Speisesaal des Internats war es an diesem Abend gespenstisch still. Man hörte kein Lachen, nur Murmeln und das verhaltene Klirren von Besteck. Sogar das Feuer, das die Nonnen ausnahmsweise in dem mit Schnitzereien verzierten Kamin entfacht hatten, schien sich zu ducken. Aber natürlich lag das nur am Schneesturm, der immer stärker tobte und in die Kamine drückte. Alle Schülerinnen verrenkten sich die Hälse, als Schwester Maíre nach dem Essen zu Megan an den Tisch trat und ihr mit einem Wink bedeutete, ihr zu folgen.

Der Computer im Büro der Rektorin war noch eingeschaltet. Es war ein Witz unter den Schülerinnen, dass das Bürofenster bis spät in die Nacht erhellt war wie das Auge eines wachsamen Drachen. Megan fragte sich manchmal, ob Schwester Maíre überhaupt jemals schlief.

»Deine Eltern haben angerufen«, begann die alte Nonne, nachdem sie sich an ihren mit Papieren überladenen Schreibtisch gesetzt hatte. »Sie baten mich, noch einmal mit dir darüber zu sprechen, ob du nicht doch für eine Woche nach Hause fahren möchtest. Sie machen sich Sorgen. Du und Deirdre standet Faye schließlich so nahe wie niemand sonst. Du weißt, ich würde dir eine Befreiung geben.«

Megan musste sich räuspern. »Vielen Dank«, sagte sie leise. »Aber Dee und ich ... wir möchten beide hierbleiben.«

»Wie du willst«, erwiderte die Nonne nach einer unbehaglichen Pause. »Du kannst jetzt zurück ins Refektorium gehen.«

Meg zwang sich zu einem Lächeln. »Danke, Schwester Maíre.« Sie war froh, das Büro so schnell wieder verlassen zu können, aber als sie gerade die Hand auf die Klinke legen wollte, sprach Schwester Maíre doch noch die Frage aus, vor der Meg sich schon seit Tagen fürchtete.

»Stimmt es, was du der Polizei gesagt hast?«

Es war nicht einfach, sich umzudrehen und Schwester Maíre in die Augen zu schauen. »Ja«, hörte sie sich sagen. »Wir haben wirklich keine Ahnung, warum Faye nachts alleine zum See gegangen ist. Sie hat uns nichts erzählt.«

Zumindest was den See betraf, war das nicht gelogen.

Der Bürostuhl knarrte, als Schwester Maíre sich zurücklehnte. Und Meg fiel voller Unbehagen auf, dass vor ihr auf dem Tisch eine aufgeschlagene Schülerakte lag. Nicht die von Faye. Sondern die von Bridget Dunne.

»Mir kam es so vor, als sei Faye in letzter Zeit etwas bedrückt gewesen«, bemerkte die Nonne nun. »Vom Fenster hier habe ich einige Male beobachtet, dass sie ganz alleine joggen ging. Und ihre Zimmergenossin Grace hat mir berichtet, dass Faye nachts oft für Stunden verschwand. Sie wollte nie sagen, wo sie gewesen war.« Schwester Maíre verschränkte die Hände vor sich auf dem Schreibtisch und wartete auf eine Antwort. Doch Meg presste die Lippen zusammen und schwieg. »Ich lege dir nichts zur Last und will dich nicht aushorchen«, fuhr die Nonne etwas sanfter fort. »Aber du verstehst sicher, dass ich nachfragen muss. Ein Mädchen stürzt im Glockenturm – und ein anderes geht nur wenige Monate später nachts auf den vereisten

See hinaus und erfriert. Zwei Todesfälle in so kurzer Zeit ... und niemandem ist zuvor auch nur irgendetwas aufgefallen?«

Megan wurde leicht schwindelig. In diesem Büro zu sein fühlte sich so an, als wäre sie ein Fisch in einer Reuse, der den Ausgang nicht fand. Sie musste etwas sagen. Denn Schwester Maíre, das wusste jede Schülerin, würde das hier aussitzen. Sie hatte Geduld. Unendlich viel Geduld.

»Faye kam manchmal nachts zu mir und Deirdre ins Zimmer«, gab Meg vorsichtig zu. »Weil sie ... nicht schlafen konnte. Sie hatte in letzter Zeit Albträume.«

Sie versuchte, nicht zu Bridgets dicker Akte zu schauen, aber sie konnte nicht anders. Sogar von der Tür aus war zu erkennen, was unter einem Polizeistempel in Großbuchstaben festgehalten war: KEINE HINWEISE AUF FREMDVERSCHULDEN.

»Albträume?« Die Rektorin beugte sich vor und stützte die Arme auf dem Tisch auf.

Megs Herz war so schwer, dass ihr zum Heulen zumute war. »Sie war wieder bei mir«, hörte sie Fayes panisches Flüstern. »Sie stand an meinem Bett und der Mond schien einfach durch sie hindurch.«

Das Schweigen war nicht länger auszuhalten.

»Faye ... war überzeugt davon, dass es im Kloster spukt«, brach es plötzlich aus ihr heraus. »Manchmal glaubte sie Schritte hinter sich zu hören und ...« Meg brach ab und schniefte. Doch als Schwester Maíre sie weiter fragend ansah, setzte sie leise hinzu: »Glauben Sie, dass ... es so etwas gibt?«

Schwester Maíre nahm die Brille ab und rieb sich über die Nasenwurzel, als hätte sie Kopfschmerzen. Sie seufzte. »Natürlich nicht, Kind. Die Toten wandeln nicht auf Erden, sie schlafen im Schoße unseres Herrn. Lass mich raten: Deirdre und du, ihr habt diese Schritte nie gehört, nicht wahr?«

Meg deutete ein zaghaftes Kopfschütteln an. Schon das fühlte sich an, als würde sie Faye verraten. Und trotzdem tat es seltsamerweise gut, es aussprechen zu dürfen. »Nein, nie.«

»Da hast du den Beweis«, sagte die Nonne in ihrer sachlichen Art. »Gespenster existieren stets nur in Köpfen, geboren aus Ängsten – oder ... aus Schuldgefühlen. Manche Menschen schaffen sich damit eine Art der Buße. Hätte Faye denn einen Grund gehabt, sich schuldig zu fühlen?«

Meg schüttelte hastig den Kopf und hielt dem scharfen Blick der Direktorin eisern stand. Schwester Maíre setzte die Brille wieder auf und wandte sich ihrem Monitor zu. »Ich habe keine weiteren Fragen. Du kannst gehen.«

Meg wandte sich erleichtert zur Tür um. Doch bevor sie Flüchten konnte, hörte sie, wie Schwester Maíre hinter ihr sagte: »Wenn du für Faye betest, vergiss nicht, auch ein Gebet für Bridget Dunne zu sprechen.«

»Sie weiß es«, sagte Dee mit banger Stimme. »Sie weiß es ganz sicher.«

»Unsinn«, erwiderte Meg. »Und selbst wenn – Bridget ist doch freiwillig da hochgegangen. Es war ihre Idee.«

»Du weißt genau, wessen Idee es in Wirklichkeit war«, murmelte Dee. Meg konnte spüren, wie ihre Freundin vor Furcht schneller atmete. Als könnte Nähe Dee vor dem beschützen, was auch Faye so sehr gefürchtet hatte, lagen sie zusammen in Megans Bett. Dees hüftlanges Schneewittchenhaar duftete noch leicht nach dem Weihrauch aus der Kirche. »Faye sagte, sie hört nachts die Glocke«, flüsterte sie kaum hörbar.

»Ich weiß, Dee. Aber Faye hat sich das alles eingebildet. Die Glocke ist nicht mehr da und der Turm wurde versiegelt.«

Der Sturmwind warf sich gegen die Scheiben. Meg hätte schwören können, dass sie sich leicht nach innen bogen wie die Haut einer Seifenblase.

»Hört sich das nicht an wie das Lied?«, wisperte Dee.

»Nein«, fuhr Meg sie heftig an. »Hör endlich auf damit! Es ist nur das Heulen des Windes.«

Doch sie wusste genau, was Dee vor sich sah, wenn sie die Lider schloss: ein schmales Gesicht mit großen dunklen Augen, umrahmt von struppigen hellbraunen Locken.

»Straßenköterbraun«, so hatte Faye es genannt. Und genau daran erinnerte Bridget Dunne tatsächlich: an einen streunenden, herrenlosen Hund mit hungrigen Augen. Schon in dem Moment, als Schwester Maíre sie an jenem Julitag in den Speisesaal geführt und vorgestellt hatte, heftete sich Bridgets Blick unwiderruflich auf die kleine Gruppe in der vordersten Tischreihe. Drei Mädchen aus Dublin, die sich im Internat gesucht und gefunden hatten: die sirenenhaft schöne Faye, die sportliche, kühle Meg mit dem eisblonden Haar und die zierliche, temperamentvolle Dee. Das »Kleeblatt«, wie sie ehrfürchtig genannt wurden, drei Herzen und eine Seele. Jede Schülerin des Klosters hätte alles dafür gegeben, um zu ihnen zu gehören.

»Sie kommt von den Aran Islands«, erzählte am nächsten Tag das Mädchen, das sich mit der Neuen das Zimmer teilen musste. »Dort lebte sie bei einer Tante, aber die ist gestorben. Nun hat Bridget das Waisenstipendium der Kylemore Abbey bekommen. Sie scheint so was wie ein Mathegenie zu sein.«

»Aran Islands?« Dee rollte mit den Augen. »Puh!«

Mehr gab es dazu nicht zu sagen. Wer von einer dieser kargen, winzigen Inseln stammte, hätte genauso gut zwischen wilden Schafen fernab jeder Zivilisation aufwachsen können.

»Wie die schon dasteht!«, lästerte Dee. »Krumm wie ein Haken und die Schultern bis zu den Ohren hochgezogen, als würde sie auf einen Eiswasserguss warten.«

»Habt ihr ihren komischen Haaransatz gesehen?«, setzte Faye hinzu. »Würde er nur zwei Fingerbreit tiefer sitzen, könnte sie sich die Augenbrauen gleichzeitig mit den Haaren bürsten.«

Dee kicherte. »Die ist wirklich hässlich wie 'ne Bergfee.«

Sie schauten zu Bridget, die sich ganz allein am Rand des Innenhofs herumdrückte. Meg fand, sie erinnerte wirklich an eines der wilden, struppigen Feenwesen aus den irischen Schauergeschichten. Die blaue Schuluniform wirkte an ihr wie eine schlecht sitzende Verkleidung. Die ganze Zeit zupfte und nestelte sie unsicher daran herum. Und als wäre das alles nicht schlimm genug, schien Bridget auch noch völlig unfähig, die grundlegendsten Gesetze der Rangordnung im Internat zu verstehen.

Faye fiel fast der Stift aus der Hand, als diese Wilde noch am selben Nachmittag an ihren Tisch im Lesesaal trat und sie völlig unbedarft ansprach. »Hallo. Kann ich mich zu euch setzen?« Sie bemerkte wohl gar nicht, wie die gemurmelten Gespräche an den Nebentischen schlagartig verstummten. Alle starrten fassungslos zu Miss Niemand hinüber, die sich offenbar mit dem Kleeblatt auf eine Stufe stellen wollte.

»Nein, kannst du nicht«, antwortete Faye kühl.

»Wieso nicht?«, hakte die Neue nach.

»Weil da schon jemand anders sitzt.«

»Echt?«, fragte Bridget völlig arglos. »Wer denn?«

»Bridget Cleary«, sagte Faye. Sie sprach nicht laut, aber so deutlich, dass es jede im Saal hören konnte. Einige Mädchen fingen an zu kichern. Nur Bridget war offenbar wirklich schwer von Begriff.

»Bridget Cleary?«, wiederholte sie langsam und so aufrichtig verwundert, als wäre das hier ein echtes Gespräch. »Aber ... aber das ist doch diese Frau aus dem Kinderreim?«

Dee schnalzte mit der Zunge. »Na, du bist ja eine ganz Schlaue!«

Das Kleeblatt lachte und wandte sich wieder den Hausaufgaben zu. Eine Weile stand Bridget noch ratlos neben dem Tisch, doch schließlich trollte sie sich an einen anderen Platz.

»Wer ist diese Bridget Cleary?«, hörte Meg eine der indischen Schülerinnen leise fragen.

»Das war die Frau von Michael Cleary«, erklärte ihr jemand flüsternd. »Er lebte irgendwann im 19. Jahrhundert. Er tickte nicht richtig und bildete sich ein, die bösen Feen hätten seine Frau Bridget entführt und sie durch eine Doppelgängerin aus dem Feenreich ersetzt. In den Märchen heißt es nämlich, dass Feen die Gestalt jedes Menschen annehmen können. Niemand konnte Michael davon überzeugen, dass Bridget seine richtige Frau war, nicht einmal der Pfarrer. Michael glaubte, nur wenn er das Doppelgänger-Wesen tötet, würden ihm die Feen seine richtige Frau zurückbringen. Also hat er Bridget ermordet – und wurde dafür zum Tode verurteilt.«

Als hätte der Zwischenfall einen Bannkreis um Bridget gelegt, saß sie von nun an stets alleine. Niemand war offen unfreundlich zu der Neuen, schon gar nicht, wenn die Nonnen in der Nähe waren, aber sobald sie irgendwo auftauchte, war es, als würde eine unsichtbare Strömung die Mädchen von ihr fortziehen, bis sie wie Treibgut ganz allein auf der Insel eines einsamen Tisches oder in der leeren Ecke des Pausenhofes zurückblieb.

Doch das Mädchen mit den hungrigen Augen blieb hartnäckig. »Wartet, ich gehe mit euch!«, rief sie Faye hinterher, sobald die Schülerinnen mit Schaufeln und Harken bewaffnet zum Kräutergarten des Klosters gingen.

»Zeigst du mir, wie ich meine Haare so flechten kann wie du?«, sprach sie Dee in der Pause an.

»Ich will aber nur in Megans Mannschaft spielen!«, beharrte sie stur im Sportunterricht.

Anfangs hatte das Kleeblatt mit den Augen gerollt und darüber gelacht – so, wie man etwas verwundert über einen verrückten Hund lacht, der einem umso ausdauernder hinterherläuft, je öfter man ihn wegscheucht. Doch schon nach einer Woche war allen klar, dass Bridget nicht nur schwer von Begriff war, sondern in einer viel tragischeren Hinsicht nicht ganz richtig tickte. Sie war tatsächlich ein

Genie in Mathe, Chemie und Physik, aber alles außerhalb von Zahlen und Formeln war für sie ein Buch, das in einer fremden Sprache geschrieben war. Am allerwenigsten verstand sie das Nein, das ihr das Kleeblatt jeden Tag deutlicher vor die Nase hielt.

Meg konnte gar nicht genau sagen, wann die Sache allmählich zu kippen begann und Bridgets Blick etwas Verbissenes und Dunkles bekam. Doch an einem Augusttag, als sie das Kleeblatt wieder einmal auf dem Weg zum Garten einholte, packte Bridget Faye von hinten einfach grob an der Schulter. »Warte doch endlich!«

»Hey!« Faye fuhr herum und schlug ihr die Hand weg. »Fass mich nicht an!«

»Warum wollt ihr mich nie dabeihaben?«, platzte es mit einem Mal aus Bridget heraus. »Ich will doch nur mit euch befreundet sein.«

Meg hatte unwillkürlich die Luft angehalten. Und auch die anderen Mädchen waren stehen geblieben und starrten Bridget ungläubig an. Es war peinlich, fast so, als hätte die Neue sich vor aller Augen ausgezogen. Dee übernahm das Wort.

»Du kannst nicht unsere Freundin sein«, sagte sie. Meg fürchtete schon, Bridget würde aufbegehren und sich noch mehr blamieren, aber Dee fügte in ihrer ironischen Art noch schnippisch hinzu: »Feen nehmen wir grundsätzlich nicht auf.«

Natürlich nützte hier auch kein scharfer Humor. Wie immer stand Bridget völlig auf dem Schlauch. »Aber ... aber ich bin keine Fee«, stammelte sie mit dieser lächerlichen Ernsthaftigkeit, die nun sogar Meg wütend machte. Die anderen Mädchen feixten. »Are you a witch or are you a fairy ...«, begann jemand leise zu singen.

»Ich bin keine Fee!«, beharrte Bridget so trotzig, als würde es hier wirklich darum gehen. Doch als ein paar weitere Schülerinnen grinsend in den Spottvers mit einfielen, war klar, dass die Sache mit Bridget zu einer Art Spiel geworden war.

Waren die Nonnen in der Nähe, lief alles nach den Regeln, man redete mit Bridget, wählte sie im Sportunterricht in die Mannschaft und lieh ihr im Garten freundlich die Harke, was Schwester Maíre mit einem zufriedenen Lächeln quittierte. Doch sobald die Schülerinnen sich unbeobachtet fühlten, pfiff immer irgendjemand leise ein paar Takte des Feenliedes, wenn Bridget in der Nähe war. Immer öfter fand sie nun ihre Hausaufgaben nicht mehr, obwohl sie mit verwirrtem Ernst beteuerte, sie hätte ihr

Heft nicht verloren. Jemand verschüttete aus Versehen heißen Kakao über Bridgets Rock, und in dem Beet, für das sie im Kräutergarten verantwortlich war, verdorrten die Pflanzen. Meg registrierte die um Beifall heischenden Blicke der anderen Mädchen, die nach solchen Aktionen verstohlen zum Kleeblatt schweiften. Ihr war ein wenig unbehaglich zumute, aber Faye belohnte ihre Komplizinnen für diese kleinen Beweise ihrer Macht mit einem Lächeln und beiläufigen freundschaftlichen Gunstbezeugungen, die wiederum Bridget sichtlich zur Verzweiflung trieben.

Es war überhaupt nicht zu begreifen, dass das Mädchen von der Insel nur noch zäher um das Kleeblatt rang. »Soll ich die Mathe-Hausaufgaben für dich machen, Faye?«, fragte sie. »Oder mir deine Chemie-Projektarbeit anschauen, Dee?«

»Für dich immer noch Deirdre!«, zischte Dee. »Hau endlich ab und lass uns in Ruhe!«

Der Ton war schärfer geworden, und auch aus Bridgets Miene war die hoffnungsvolle Freundlichkeit verschwunden. Manchmal, wenn Meg sie über den Schulhof hinweg beobachtete, loderte in ihren Augen ein unterdrückter Zorn, der Meg einen Schauer über den Rücken jagte.

»Oh Mann«, murmelte Faye genervt. Gerade wollten sie zu dritt zu ihrer täglichen Laufrunde um den See aufbrechen, als Bridget in Joggingklamotten auf sie zuhielt. »Wir müssen sie endlich loswerden!«

»Kein Problem«, erwiderte Meg. »Wenn wir sprinten, hat sie keine Chance, dranzubleiben.«

Aber komischerweise war es Faye, die an diesem Nachmittag das Tempo nicht hielt. Nach einer Weile fiel Meg auf, dass ihre Freundin gerade so schnell lief, dass Bridget sie nicht ganz verlor: Sie ließ sie herankommen und sprintete dann wieder davon. »Hast du ein lahmes Bein oder was?«, beschwerte sich auch Dee. In diesem Moment änderte Faye plötzlich ganz überraschend die Richtung. »Los, kommt!«, rief sie ihnen über die Schulter zu. Statt zum See hinunterzulaufen, bog sie scharf zu einem Bergpfad ab, der sich in steilen Serpentinen am zerklüfteten Hang in die Höhe wand, dorthin, wo hoch über dem Kloster eine weiße Christusstatue auf dem Berg thronte. Meg und Dee folgten ihr. Vor der ersten Steilkurve blieb Faye stehen und trippelte federnd auf der Stelle. »Was ist los, Bridgie?«, rief sie. »Geht dir jetzt schon die Puste aus?«

Bridget hatte zunächst erstaunlich gut den Anschluss

gehalten. Aber nun stand sie ein ganzes Stück bergab und klammerte sich mit beiden Händen an dem wackeligen Holzgeländer fest. Sie versuchte krampfhaft, nicht nach unten zu schauen, obwohl der Berghang an dieser Stelle nur etwa vier Meter zur Wiese abfiel.

»Du willst zu unserem Team gehören und schaffst es nicht einmal auf diesen kleinen Berg hinauf?«, spottete Faye.

Dee stieg sofort auf ihr Spiel ein. »Klar kann sie nicht auf den Berg«, rief sie und lachte. »Der Christuspfad hier ist geweihte Erde. Feen verbrennen sich die Füße daran.«

»Hört auf«, sagte Meg leise. »Das stachelt sie nur noch mehr an. Hängen wir sie einfach ab.« Aber Dee schritt bergab und baute sich direkt vor Bridget auf. Das Mädchen war in die Hocke gegangen und wagte offenbar nicht, sich ganz aufzurichten. Vielleicht hatte sie auch nur schlimmes Seitenstechen. Meg lief Dee hinterher und legte ihr die Hand auf die Schulter. »Komm, lass sie doch!« Aber Dee kam gerade erst in Fahrt. »Jeder weiß, dass das Feenvolk geweihte Erde fürchtet«, verkündete sie laut. »Ich frage mich schon seit einiger Zeit, wie Bridget es geschafft hat, sich in unser Kloster zu schmuggeln. Vielleicht hat sie ja ein magisches Schutzamulett, um die Schwelle der Kirche übertreten zu können?« Irgendwo hinter sich glaubte Meg etwas leise klicken zu hören, aber sie drehte sich nicht um. Denn Bridget starrte sie an, mit rotem Kopf nach Worten ringend, die sie natürlich nicht fand.

»Stimmt! Sie trägt ja nicht einmal ein Kreuz um den Hals«, rief Faye ihnen zu. »Und sicher bewegt sie im Gottesdienst beim Beten nur die Lippen.«

»Das ist nicht wahr!«, presste Bridget nun zwischen zusammengebissenen Zähnen hervor.

»Dann beweise uns ein für alle Mal, dass du eine von uns bist«, fuhr Faye freundlich fort. »Letzte Chance. Sonst kannst du nicht zum Kleeblatt gehören. Feen und Menschen können nämlich niemals Freunde sein.«

Jetzt runzelte auch Dee die Stirn und warf Meg einen irritierten Blick zu. Faye hatte eindeutig eine Grenze überschritten. Niemals hatten sie Bridget in Aussicht gestellt, dass für sie auch nur der Hauch einer Chance bestand, jemals Teil der Gruppe zu werden. Sofort loderte in Bridgets Miene wieder diese völlig besessene Hoffnung auf, die Meg jetzt einen Schauer über den Rücken jagte.

»Okay!«, rief das Inselmädchen. »Was soll ich machen?«

»Läute die Marienglocke.« Faye deutete zum Kloster. Der schmale höchste Turm des Gebäudes ragte weit über die Zinnen der Mauern hinaus. Meg starrte entsetzt auf die Glocke, die ganz oben in einem Vorsprung des Gemäuers aufgehängt war und selbst aus der Distanz deutlich zu erkennen war. Bridget wurde schlagartig blass. Es war klar, dass sie Angst hatte.

»Die Glocke muss sieben Mal geläutet werden, genau sieben Minuten nach Mitternacht«, erklärte Faye. »Bei einer Fee würde die Glocke nicht klingen, sondern ein Geräusch machen, als würden Steine ins Tal poltern.«

Meg fuhr herum. »Hör auf, Faye«, zischte sie. Aber Faye zwinkerte ihr nur verschwörerisch zu und schob sich an ihr vorbei. Sie hatte ihre Kette mit dem kleinen Kupferkreuz vom Hals genommen und ließ es wie ein Pendel vor Bridgets Gesicht schwingen. »Aber es gibt noch einen einfacheren Test«, sagte sie. »Das Kreuz hier hat meiner Großmutter gehört. Es wurde in Rom mit heiligem Wasser geweiht. Eine Fee würde sich an diesem Kreuz die Finger verbrennen.«

Bridgets Miene hellte sich zu einem strahlenden, erleichterten Lächeln auf. Sie griff nach dem Kreuz, als wäre es ein Rettungsseil – und schrie im gleichen Moment erschrocken auf. Ihre Hand zuckte reflexartig weg, Kette und Kreuz flogen in hohem Bogen in das Gestrüpp. Völlig verwirrt starrte Bridget ihre Handfläche an. Dort, wo das Kupfer die Haut berührt hatte, zeigte sich ein kleiner rötlicher Streifen.

Meg wurde heiß und kalt, als sie begriff, was das Klicken gewesen war. Fayes Feuerzeug! Sie hatte immer eines in der Gürteltasche – genau wie die paar Zigaretten, die sie am Ende eines Laufs manchmal heimlich zusammen rauchten. »Sag mal, spinnst du?«, zischte Meg Faye zu. Auch Dee war blass geworden.

»Ich bin keine Fee!«, stieß Bridget hervor. »Ehrlich nicht!«

Faye zuckte mit den Schultern. »Tut mir leid, Bridgie, aber das Kreuz lügt nicht. Wir können also nie, nie, nie Freunde fürs Leben sein.«

Bridget sah aus, als hätte Faye ihr einen Stoß in den Abgrund versetzt.

Doch Faye pflückte ungerührt ihre Kette aus der Hecke, wobei sie darauf achtete, das sicher immer noch heiße Kreuz nicht zu berühren. Dann sprintete sie bergauf, ohne Bridget noch eines weiteren Blickes zu würdigen. Und ehrlich gesagt war Meg froh, ihr mit Dee einfach folgen zu können.

Es war das allererste Mal in der Zeit ihrer Freundschaft, dass sie sich stritten.

»Du hast sie wohl nicht mehr alle!«, schrie Dee. »Was sollte das denn?«

»Sie aufzuziehen ist das eine«, setzte Meg genauso heftig hinzu. »Aber ihr die Hand zu verbrennen, ist etwas ganz anderes!«

»Wir wollten sie doch loswerden, oder nicht?«, hielt Faye dagegen. »Und offenbar kapiert sie es ja nur auf die ganz harte Tour.«

»Sie kapiert überhaupt nichts!« Dee schaute voller Unbehagen zum Kloster.

»Und was sollte die Story mit der Glocke?«, fügte Meg hinzu. »Du weißt doch, wie sie tickt. Sie nimmt dich beim Wort und hält das ernsthaft für einen Aufnahmetest. Was, wenn sie auf die Idee kommt, auf den Turm zu gehen und die Glocke zu läuten? Dann werden wir sie nie wieder los.«

Faye winkte ab. »Erstens hat niemand zum Turm Zutritt. Den einzigen Schlüssel hat Schwester Maíre. Um an ihn heranzukommen, müsste Bridgie ihn schon aus Maíres toten Fingern kratzen. Und zweitens habt ihr doch gesehen, dass sie Höhenangst hat. In der Schule traut sie sich nicht mal, von der Galerie im ersten Stock nach unten zu schauen, sie drückt sich immer an den Wänden entlang. Nein, keine Sorge, das wars jetzt endlich mit Bridget Dunne.«

Aber ganz so sicher schien sich Faye da auch nicht zu sein. In dieser Nacht schlüpfte sie zu Meg und Dee ins Zimmer. Keine von ihnen sprach es aus, aber während sie auf Megs Bett saßen und sich flüsternd über Kinofilme unterhielten, schauten sie immer wieder verstohlen zu Dees Wecker. Um Mitternacht versiegte ihr Gespräch allmählich. Unbehaglich rieben sie sich die Arme und starrten stumm den Minutenzeiger an. Er rückte zur Fünf und zur Sechs. Bei Sieben hielten sie mit klopfenden Herzen den Atem an und lauschten in die Stille der Nacht. Bitte nicht, betete Meg. Doch erst fünfzehn Minuten nach Mitternacht wagten sie endgültig aufzuatmen.

Nein, Bridget hatte die Marienglocke nicht geläutet. Sie war nicht einmal bis zur Glocke gekommen. Niemand wusste, wie sie es geschafft hatte, nachts in Schwester Maíres Büro einzudringen, den Code zum Wandsafe zu knacken und den Schlüssel zu stehlen. Niemand hatte gesehen, wie sie in den Turm gelangt war. Nur mit einer Taschenlampe bewaffnet hatte sie die schmale Holztreppe erklommen, bis nur noch ein paar Stufen sie vom Glockenseil trennten.

Doch irgendetwas war schiefgelaufen. Vielleicht war die Treppe rutschig gewesen. Oder Bridget war vor Höhenangst schwindelig geworden. Vielleicht war sie auch einfach nur über ihre eigenen Beine gestolpert und über das Geländer gekippt. Jedenfalls wunderten sich einige Schülerinnen morgens darüber, dass die Tür zum Glockenturm halb offen stand. Dahinter lag ein lebloser Körper.

Und das war es dann wirklich mit Bridget Dunne.

Seit Fayes Beerdigung schienen alle nur noch auf Zehenspitzen durch das Internat zu gehen. Der Schneesturm hinterließ eine Landschaft wie ein Leichentuch und eine Stille, die jedes Wort dämpfte. Vielleicht war es kein Wunder, dass Dees Nerven in dieser Zeit besonders dünn waren. Als ihre Kakaotasse umkippte und das heiße Getränk ihr auf den Ärmel schwappte, sprang sie mit einem lauten Schrei so erschrocken auf, dass ihr Stuhl umfiel. Meg rannte ihr nach in den Gang.

»Glaubst du, das war Bridget?«, sagte Dee in einem Ton, der wie ein schreckliches Echo von Faye klang.

»Unsinn«, gab Meg zurück. »Ich habe doch gesehen, wie du selbst an die Tasse gekommen bist.«

Aber Dee starrte an ihr vorbei in den leeren Flur. »Hörst du das auch?«, wisperte sie.

Meg wurde ganz kalt. »Nein, was?«

»Hinter dir ... atmet doch jemand.«

Meg machte einen erschrockenen Satz nach vorne und wirbelte herum. Dann packte sie Dee an den Schultern und schüttelte sie so grob, dass diese aufkeuchte. »Hör auf!«, herrschte Meg ihre Freundin an. »Das ist nur Einbildung! Außerdem atmen Tote nicht.«

Es war seltsam, dass ausgerechnet dieser Satz Dee wieder auf den Boden zurückholte. Meg war unendlich erleichtert, als ihre Freundin nickte. »Stimmt, Tote atmen ja nicht«, murmelte sie und grinste schief. »Ich fange wirklich schon an zu spinnen!« Damit hätte die Sache erledigt sein können, aber in den folgenden Tagen häuften sich die komischen Zufälle. Dee schwor, ihre Joggingschuhe abends in ihrem Schrank verstaut zu haben, aber sie standen morgens draußen vor der Zimmertür. Eines ihrer Schulhefte verschwand. Und als Meg es in der Ritze zwischen Bett und Wand fand, in die es versehentlich gerutscht war, beharrte Dee darauf, dass sie es in die Schultasche gesteckt hätte. Als Meg einmal früher als sonst nach ihrer Laufrunde um den See in ihr gemeinsames Zimmer zurückkam, saß Dee am Schreibtisch. Über ein Stück Papier gebeugt schrieb sie mit großer Konzentration. Irgendetwas an ihrer Haltung kam Meg komisch vor, aber sie konnte nicht sagen, was sie beunruhigte. »Dee?«, fragte sie. Ihre Freundin schien sie nicht zu hören, und als Meg zu ihr trat, sah sie, dass Dee gar nicht auf das Papier schaute. Abwesend betrachtete sie die Schneeflocken, die in hypnotischen Wirbeln vor dem Fenster wehten. Meg legte ihr die Hand auf die Schulter. »Deirdre!« Dee schrak nicht zusammen, sie schaute nur ruhig auf und lächelte. »Hi. Schon zurück? War es zu kalt im Schnee?« Ohne hinzusehen, legte sie den Füller beiseite.

Meg schluckte. Ihr Herz schlug längst wie eine mahnende Faust in ihrer Brust. »Was ... hast du da eben geschrieben?«

Dee runzelte verdutzt die Stirn. »Nichts. Ich saß nur hier und habe dem Schnee zugeschaut.« Doch dann folgte sie Megs Blick und wurde blass.

PASS AUF DEE AUF!

Das stand in ungelenken Großbuchstaben auf dem Papier. Dee sprang auf. »Das ... habe ich nicht geschrieben!«

»Okay«, sagte Meg. »Keine Panik. Dann hat wohl jemand den Zettel ins Zimmer gelegt und du hast ihn übersehen.« Sie zwang sich zu einem sorglosen Lächeln. »Das Gekritzel sieht nach Myrnas Schrift aus«, log sie. »Würde passen. Sie hat mich gestern gelöchert, ob es dir gut geht.«

Damit zerknüllte sie den Zettel und warf ihn in den Papierkorb.

Dee atmete sichtlich auf. Etwas Farbe kehrte in ihr Gesicht zurück. »Stimmt. Als ich zurückkam, hatte ich mich schon gewundert, warum die Tür nur angelehnt war. Ich hatte sie ganz sicher zugemacht.«

Sie strich sich mit der linken Hand das Haar hinters Ohr. Tinte hatte an ihrem Zeigefinger einen winzigen blauen Fleck hinterlassen. Meg wandte sich ab und begann hastig ihre Tasche auszupacken. So sah Dee nicht, wie sehr ihre Hände plötzlich zitterten. Denn nun wusste sie, was sie vorhin so irritiert hatte. Dee hatte mit der linken Hand geschrieben. Aber die einzige Linkshänderin des Kleeblatts war Faye gewesen.

Meg hatte nicht gedacht, dass es ihr gelingen würde, in dieser Nacht ein Auge zuzumachen. Dee war schon vor

Stunden in einen stillen, erschöpften Schlaf gefallen. Ihr Atem war leiser als das Rascheln der Schneeflocken, die gegen die Scheibe geweht wurden. Im Zimmer war es kühl und auch Dees Hand, die Meg fest in ihrer hielt, war wie aus Porzellan – kalt und glatt. *Pass auf Dee auf,* schien das Schneetreiben zu flüstern.

»Die Toten wandeln nicht auf Erden«, hielt Schwester Maíres sachliche Stimme dagegen. *»Manche Menschen schaffen sich damit eine Art der Buße …«*

»Bist du hier, Faye?«, flüsterte Meg in die Dunkelheit. Es war seltsam, dass man sich gleichzeitig fürchten und so sehr hoffen konnte. Aber die Schatten schwiegen, nur Dee drehte sich im Schlaf um, ohne Megs Hand loszulassen. Im Dunkeln spürte Meg, wie ihre Wangen kalt wurden – dort, wo ihr nun Tränen über die Haut rannen.

Sie musste irgendwann wohl doch weggenickt sein, denn als sie blinzelte, schien der Mond viel heller ins Zimmer, als wäre die Wolkenwand aufgerissen. Sofort tastete sie nach Dee und war erleichtert, ihre Hand zu finden. Sie war noch kälter als vorhin und Meg hörte keinen Atem. In der Luft lag ein zarter Blütenduft, den Meg vorhin nicht wahrgenommen hatte. Sie drehte den Kopf zur Quelle des Dufts und erstarrte. Die Haut an ihrem Rücken schien

plötzlich zu eng zu sein, alles zog sich zusammen zu einem Schrei, doch wie in einem Albtraum, in dem man sich weder bewegen noch schreien konnte, lag sie nur da und rang stumm nach Luft. Neben ihr schimmerten Orangenblüten im Mondlicht; der Bogen einer Wange über der bloßen Ahnung eines schattigen Gesichts. »Hol Dee zurück!«, flüsterte Faye ohne ein Wort. »Schnell! Bevor es zu spät ist!«

Mit einem Keuchen riss Meg sich aus der Starre los und fuhr hoch – das, was sie für Fayes Hand in ihrer gehalten hatte, war nur ein kühler Lakenwulst, in den sie sich immer noch krallte. Und neben ihr im Bett lagen weder Faye noch Dee.

In der Eile war Meg nur in ihre Joggingsachen geschlüpft. Die Kälte begrüßte sie mit Nadelspitzen, als sie aus dem Wohntrakt nach draußen kam. Sie hätte gerne nach Dee gerufen, aber über ihr leuchtete das Drachenauge von Schwester Maíres Bürofenster. Doch sie brauchte auch gar nicht zu rufen. Diesmal war es kein Albtraum und keine Einbildung – im Schneewirbel sah sie ganz deutlich den hellen Streif einer Gestalt am Tor. Einzelheiten erkannte sie nicht, nur das schemenhafte Wehen von Locken. Ihre

Laufschuhe knirschten auf frischem Pulverschnee, als sie loslief – dorthin, wo Faye ihr in der Ferne wie eine Fata Morgana den Weg wies.

Im Mondlicht waren Dees frische Spuren im Schnee noch gut zu erkennen. Sie war den üblichen Weg gelaufen, vom Kloster bergab zum See. Meg verdoppelte ihr Tempo, sobald sie wieder auf ebenem Boden war. Der Lichtkegel ihrer Taschenlampe fing Gestöber – und weit in der Ferne: eine zierliche Gestalt mit offenem dunklen Haar. Langsam wie eine Schlafwandlerin ging Dee auf den See hinaus.

Hol sie zurück!, rauschte es im Wind. Meg sprang, ohne zu zögern, auf die Eisfläche am Ufer. Der Lichtfleck der Lampe glitt über die Kufenspuren von Schlittschuhen. Die Eisschicht auf dem See war in diesem Jahr dick wie nie, also ging Meg los, vorsichtig, um nicht zu rutschen. Sie verlor ihre Freundin aus den Augen, als eine Wolke vor den Mond trieb, aber Faye war da! Sie glitt wie ein Irrlicht über das Eis. Und als Meg die nebelhafte Gestalt fast eingeholt hatte, brach der Mond hervor und da war Dee! Sie musste gestürzt sein. Reglos lag sie auf dem Eis wie jemand, der sich nur auf dem Sofa zusammengerollt hatte und sich ausruhte. »Dee!«, schrie Meg. Sie schlitterte zu ihrer Freundin und ließ sich neben ihr auf die Knie fallen.

Sie wollte Dees Gesicht mit den Händen umfassen, ihre Wange vom Eis heben, doch dann sah sie im Mondlicht das Eis an ihren Wimpern, den Schnee in ihrem Haar und auf ihren Kleidern. Und als ihre Finger Dees Haut berührten, zuckte sie erschrocken zurück. Eiskalt. Als läge sie schon seit Stunden hier. Und vor Dees Mund wehte kein Atem.

»Faye?«, brachte Meg kläglich heraus. Sie hörte ihre eigene Stimme so dumpf, als würde das Weiß um sie herum jeden Laut verschlucken. Sie sah blinzelnd hoch, dorthin, wo Faye stand. Faye mit dem Kranz aus Orangenblüten im Haar und dem weißen Kleid, das wallte, als stünde sie unter Wasser. Nebelfäden umtanzten sie, verdichteten sich zu einem Kokon, der sie alle drei einhüllte. Das Kleeblatt. Aber dann sah Meg, wie eine weitere Gestalt auftauchte, schräg hinter Faye. Sie trat neben das Mädchen mit den Orangenblüten und schaute Meg traurig an. Meg spürte kaum, wie ihre Fingernägel über das Eis kratzten, als sie vor Entsetzen ein Stück zurückkroch. Neben der Faye mit den Orangenblüten stand eine gespensterhafte zweite Faye, aber diesmal in ihrer Schuluniform. »Das kann nicht sein!«, sagte Meg. Aber diesmal verschlang der Nebel ihre Worte ganz und gar. Doch erst als eine dritte nebelhafte

Gestalt mit langem Schneewittchenhaar hinzutrat, begriff Meg endlich mit schrecklicher Deutlichkeit.

»Michael Cleary bildete sich ein, die bösen Feen hätten seine Frau Bridget entführt«, erinnerte sie sich an die Worte ihrer Mitschülerin. *»Und sie durch eine Doppelgängerin aus dem Feenreich ersetzt. In den Märchen heißt es nämlich, dass Feen die Gestalt jedes Menschen annehmen können.«*

»Bridget!«, stieß sie hervor. Auch dieses Wort wurde verschluckt, doch als hätte sie damit den Täuschungszauber aufgehoben, verblasste Fayes Truggestalt mit den Blüten im Haar und enthüllte, wer wirklich dahintersteckte. Eine Schülerin mit braunem Haar und dunklen Augen. Neben Bridget standen Dee und Faye, halb durchsichtig wie Geister, aber genau so, wie sie im Leben gewesen waren: in ihren blauen Schuluniformen, die roten Schalbänder am Hals zu Schleifen gebunden. Nur ihre traurigen Augen passten nicht dazu.

Die scharfen Ränder von Schlittschuhkufen schnitten in Megs Handflächen, aber sie spürte es kaum, als sie weiter zurückkroch. Sie kam auf die Beine, die taub vor Kälte waren, und rannte taumelnd zurück. Nur dass es kein Ufer mehr gab, nicht einmal einen Horizont, nur endlosen Nebel und eisige Kälte. Irgendwo in der Ferne begann eine kleine helle Glocke zu schlagen. Doch Meg konnte nicht sagen, aus welcher Richtung der Klang kam. Sie schrie auf, als sie ausrutschte und stürzte. Den Schrei spürte sie nur als Kitzeln in der Kehle. Das Glockenläuten verklang nach dem siebten Schlag. Und als sie aufblickte, stand Bridget vor ihr. Sie beugte sich zu ihr hinunter und streckte ihr die Hand hin. »Gib mir deine Hand«, sagte mit einem Lächeln. »Schließlich sind wir Freunde. Freunde fürs Leben!«

Katzenwinterland

Die Tanne, die der Verkäufer gerade von der Ladefläche seines roten Wagens zerrte, war groß, mit unglaublich dicken, knotigen Ästen. Beeindruckend, aber alles andere als schön. Wenn man ehrlich war, wirkte das Ding, als wollte es einen packen und fressen. Der Verkäufer selbst sah nicht viel besser aus. Obwohl ganz Florida in diesem Dezember unter einer Hitzewelle schwitzte und wir an diesem Weihnachtstag in Flipflops und T-Shirts unterwegs waren, trug dieser finstere Kerl Stiefel, Pullover und – Handschuhe! Inmitten der Palmen vor dem Supermarkt wirkte er mit seinem Weihnachtsbaumstand so fehl am Platz, als hätte ihn jemand direkt aus Kanada hierher gebeamt.

»Kaufen wir lieber die Plastiktanne, die Mom haben will«, flüsterte ich Dad zu.

Doch Dad hatte schon diesen stieren, funkelnden Blick, den ich nur zu gut kannte. »Was hat das denn mit einem richtigen Weihnachten zu tun, Rose?«, wies er mich zurecht. »Hey, wir werden die Einzigen sein, die einen echten Baum haben! Genauso, wie es die Familientradition verlangt, wir sind schließlich Norweger.«

Ich seufzte. Schon wieder diese Norweger-Nummer! Meine kleine Schwester Lisa grinste und zeigte mir eine Grimasse. Es war erst das siebte Weihnachten in ihrem Leben, aber sogar sie hatte schon mitbekommen, dass Dad diesen Norwegertick jedes Jahr bekam. Er war wirklich wahnsinnig stolz darauf, dass irgendein Urahn von ihm aus einem norwegischen Kaff namens Skjombotn stammte. Aber dummerweise lebten wir in Florida, es war der 24. Dezember, und der Countdown lief.

Ich dachte an meine Mutter, die zu Hause noch ganz allein den großen Tisch zusammenbaute und dabei bestimmt fluchte. In genau drei Stunden mussten wir nämlich Grandma Imogen und Moms Bruder Stephen, die extra aus Denver einfliegen würden, vom Flughafen abholen.

»Also?«, sagte Dad geschäftsmäßig. »Wie viel soll er kosten?«

»Siebzig«, brummte der Verkäufer.

»Das ist doch Wucher!«, rutschte es mir heraus.

Der Verkäufer sah mich so scharf an, als würde er mich gerade erst entdecken. Er hatte kleine, irgendwie fiese Augen. Und offenbar gefiel ihm nicht, was er da sah.

»Die junge Lady ist also nicht bereit, den Preis für das, was sie will, auch zu bezahlen?«, knurrte er und spuckte aus.

»Der Preis ist okay«, sagte mein Vater hastig. »Wir nehmen die Tanne.« Er zählte die Scheine ab. Widerwillig hielt ich den Mund. Dad handelte nicht gern. Überhaupt war Geld nicht so sein Ding, wie Mama manchmal bitter sagte.

Der Verkäufer warf den Baum auf den Boden wie ein Beutetier, das er dann auch noch mit grünen Plastikbändern fesselte.

»Nordmann«, nuschelte er mit einem Blick in meine Richtung. Es klang, als wollte er sagen: »Und jetzt verschwindet, oder ich werfe die Motorsäge an.«

»Wie bitte?«, fragte ich.

»Nordmann, Mädchen«, brüllte er. »Nordmann – kein Futter, klar?«

Wow, das war nun wirklich schräg.

»Klar«, sagte ich mit einem Schulterzucken, dann packten wir unsere Beute und machten uns davon.

»Ich glaube, er wollte uns sagen, dass die Tanne kein Wasser braucht.« Ich sprach leise, obwohl wir den Parkplatz mit dem Baum längst verlassen hatten, schnellen Schrittes, als müssten wir fürchten, jeden Augenblick eine behandschuhte Pranke auf der Schulter zu spüren.

Mom schlug die Hände über dem Kopf zusammen, als wir das Ungetüm ins Wohnzimmer schleiften. »Was sollen wir denn mit einer echten Tanne?«, rief sie Dad zu. »Ich habe dir doch gesagt, ich will einen Plastikbaum in Rot und Silber!«

»Diesen blinkenden Glitzerkitsch hat hier doch jeder«, gab Dad gereizt zurück. »Unsere Tanne ist dagegen etwas Ehrliches, Echtes! Und dein Bruder und deine Mutter sollen doch zur Abwechslung mal richtig beeindruckt sein, oder nicht?«

»Du glaubst, das hässliche Ding wird sie beeindrucken?«, keifte Mom los. »Du und deine Verrücktheiten, denkst du auch nur einmal daran, was ich …«

»Ihr habt doch versprochen, euch dieses Weihnachten nicht zu streiten!«, platzte es aus mir heraus. Die beiden sahen mich an, als wäre mir ein Rentiergeweih gewachsen, aber zu meiner Überraschung machte Dad den Mund wieder zu und verbiss sich seine Entgegnung, und Mom zuckte mit den Schultern und ging in die Küche.

Der Stamm war ziemlich dick, aber er passte in den Holzeimer mit Sand. Das Wasser ließen wir vorsichtshalber wie befohlen weg, der Baum musste nicht lange halten. Ich musste zugeben, dass er gar nicht so schlecht aussah.

»Der geht fast bis zur Decke!«, hauchte Lisa ehrfürchtig. Mom hatte seit vorhin nichts mehr gesagt, aber der Blick, den sie und Dad nun wechselten, sah zumindest nach Waffenstillstand aus. Ich atmete auf. Dieses Weihnachten würde vielleicht doch gut werden.

Twinkie, Lisas Katze, aus der man locker zwei Katzen hätte machen können, schnupperte misstrauisch an den Zweigen und watschelte mit arrogantem Gesichtsausdruck zu ihrem Fressnapf in der Küche. *Ja, verschwinde!*, dachte ich. Als hätte sie meine Gedanken gehört, warf die Katze mir einen giftgelben Blick zu. Twinkie und ich mochten uns nicht, was für meinen Teil hauptsächlich daran lag, dass ich dafür zuständig war, die Katzenhaare vom Sofa zu bürsten und Tonnen von Futterdosen aus dem Supermarkt nach Hause zu schleppen, obwohl dieser haarige Klops Lisa gehörte.

»Also schön«, sagte Mom nun. »Holen wir den Weihnachtsschmuck und den Engel für die Spitze.«

Lisa strahlte und stürmte los.

Es wurde tatsächlich gut.

In dem zerbrechlichen Kosmos, der unsere Familie war, fand ich an diesem Abend eine Insel der Ruhe. Unsere Eltern lachten! Die Lichter am Baum blinkten, mein Onkel lobte sogar die geschmückten Palmen im Garten, obwohl unser Haus im Vergleich zu den weihnachtlich dekorierten Nachbarshäusern eindeutig erbärmlich wirkte. Unser Nachbar Bob hatte im Garten eine Armee von künstlichen Schneemännern und auf dem Dach seines Hauses sogar ein Rentiergespann samt Schlitten aufgebaut, das man sicher noch im Weltall blinken sah. »Nett habt ihr es hier«, sagte Onkel Stephen nur. »Schönes Haus.«

Auch Grandma Imogen hackte kein einziges Mal auf Dads neuester Geschäftsidee herum. Lisa heulte und quengelte ausnahmsweise nicht, sondern sang brav ihr Lieblingslied über die Mäusekinder vor, und alle bewunderten die Tanne. Nur der Eierpunsch, den ich zu Grandmas Sessel trug, fand ein unrühmliches Ende, als die dämliche Katze mir direkt vor die Füße lief. Noch nie hatte ich mir so sehr gewünscht, dass Twinkie einfach verschwinden sollte.

Später am Abend hängten Lisa und ich feierlich die großen Weihnachtssocken im Wohnzimmer auf und stellten Santa Claus einen Teller mit Keksen und ein Glas Milch auf den Tisch. Lisa glaubte schließlich noch daran, dass Santa in der Nacht mit seinem Rentierschlitten vorbeikommen würde, um ihr Geschenke in die Socken zu stecken. Er würde ein Glas Milch trinken und die Kekse essen. Aber das einzige Keksgrab hier war Twinkie, deshalb war es meine Aufgabe, die Milch wieder aus dem Glas und das Gebäck vom Teller verschwinden zu lassen, sobald Lisa im Bett lag.

»Twinkie!«

Der Ruf weckte mich aus einem wirren Traum von Weihnachtskugeln und fallenden Punschtassen. Ich wusste, was kommen würde, aber immer noch klammerte ich mich krampfhaft an den letzten Zipfel Schlaf, bevor meine Schwester ihn mir entriss. Kleine Füße stampften über den Boden, dann war eine schwebende Viertelsekunde lang Stille vor dem Rippen stauchenden Aufprall, als Lisa auf meinem Bett – beziehungsweise auf mir – landete.

»Rose, Twinkie ist weg!«

»Ist mir egal. Geh zu Mom«, murmelte ich und zog die Decke über den Kopf.

»Nein!«, heulte Lisa und zerrte an der Decke. »Du musst sie suchen!«

In solchen Augenblicken erinnerte ich mich besonders deutlich daran, wie schön es gewesen war, als es nur Dad, Mom und mich gab.

Lisas nasses Gesicht klebte an meiner Wange, sie umklammerte mich mit erstaunlicher Kraft.

»Bestimmt treibt deine fette Katze sich nur im Garten herum«, raunte ich.

Haar scheuerte an meinem Kinn, als Lisa heftig den Kopf schüttelte.

»Sie hat nichts gefressen!«

Oh, das war etwas anderes. Ich machte die Augen auf. Lisas unglückliches Gesicht war ganz blass. Die Uhr zeigte kurz vor sechs Uhr morgens. Gemeinsam gingen wir ins Wohnzimmer hinunter. Unsere Eltern hatten noch nicht einmal die Geschenke hingestellt, aber Lisa interessierte sich sowieso nur für ihre Katze. Twinkies Lieblingskuhle im Sofa war leer, der Fressnapf, den Mama gestern Abend wieder randvoll aufgefüllt hatte, unberührt, und vor der Katzenklappe in der Tür lag noch Spielzeug genau so, wie Lisa es gestern hatte liegen lassen. Wir riefen, wir raschelten mit Papier, wir suchten. Dad kam mit schlafmüden Augen herunter und half uns halbherzig, aber Twinkie blieb verschwunden. Also wanderte ich in den frühen Morgenstunden des 25. Dezember zwischen meterhohen Zuckerstangen aus Plastik und Blinkpalmen herum, um Katzenvermisstmeldungen in der Nachbarschaft zu verteilen. Wenn es ans Eingemachte ging, stand ich selbst am Christmas Day alleine da. Mom musste sich um die Geschenke und das Frühstück kümmern. Und Dad hatte sich ins Badezimmer verdrückt. Als ich schlecht gelaunt und ohne die Katze nach Hause kam, fing Lisa an zu heulen und rannte zu Grandma Imogen ins Gästezimmer. Ich kickte meine Flipflops in die Ecke und tappte zum Sofa. Dabei stolperte ich über etwas, das auf dem Parkett lag. Etwas Hartes. Verdutzt rieb ich mir den schmerzenden Zeh und beugte mich hinunter. Aus dem Boden ragte etwas, das aussah wie eine knorrige Wurzelspitze. Ich hob den Blick. Unsere mit Girlanden und Weihnachtskugeln dicht behängte Tanne schien mich aus ihrer Ecke anzugrinsen. Der Weihnachtsengel auf ihrer Spitze drückte sich schief gegen die Decke.

»Mom!«, rief ich.

Meine Mutter erschien in der Wohnzimmertür. Immer noch trug sie ihren Bademantel über dem Nachthemd. In den Händen hatte sie ein Spültuch und einen noch tropfenden Teller.

»Die Tanne ist größer geworden!«, flüsterte ich. »Und da unten wächst was.«

Mom sah mich mit dem Blick an, den sie sonst nur auf Dad abschoss, wenn er einen neuen todsicheren Plan hatte, an viel Geld zu kommen.

»Bist du nicht schon zu alt für solche albernen Geschichten?«, sagte sie. »Der Baum ist nicht gewachsen. Und der Hubbel da unten, das ist nur ein Nagel, der aus dem Parkett ragt.«

»Das stimmt nicht!«, widersprach ich.

Mom presste die Lippen zusammen. Und plötzlich zitterte die Vorahnung von Gewitter in der Luft. Dann legte sie auch schon los: »Herrgott, Rose, manchmal erinnerst du mich wirklich an deinen Vater – immer die Nase in den

Wolken, ganz egal, ob uns die Schulden für das Haus über den Kopf wachsen ...«

»Lass mich doch damit in Ruhe!«, schrie ich. »Das blöde Haus zu kaufen, war nicht meine Idee, von mir aus kann es in die Luft fliegen. Und ich gehe heute sicher nicht mehr raus wegen dieser dummen Katze!«

Nachmittags, als meine Eltern mit Lisa noch einmal auf Twinkie-Suche gegangen waren und mein Onkel und Grandma irgendeine Weihnachtsparade besuchten, pirschte ich mich neugierig an den Baum heran. Da war nichts Ungewöhnliches. Die Zweige bogen sich unter der festlichen Last der Weihnachtskugeln. Die Nadeln waren frisch und dunkelgrün – und irgendwie prall. Nadeln wuchsen sogar aus dem Stamm, der so knorrig und dick war, dass er beinahe fleischig wirkte. Ein roter Lichtreflex ließ mich blinzeln. Ich sah genauer hin. Das war kein Lichtreflex, es war ein Fleck, ein roter Fleck, der aussah, als wäre eine Flüssigkeit – Harz vielleicht? – aus dem Baum gequollen. Nur, dass in diesem roten Harz Haare klebten.

Katzenhaare.

»Rose, bist du verrückt geworden?«, rief Mom entsetzt aus.

»Der Baum hat Twinkie gefressen!«, sagte ich und holte noch einmal mit dem Beil aus. Es war nur ein kleines Küchenbeil, aber immerhin war es mir gelungen, einige der größeren Äste abzuhacken. Zähflüssiges Harz tropfte auf den Boden. Mit wenigen Schritten war meine Mutter bei mir und riss mir das Beil aus der Hand. Ihre Augen blitzten, gleich würde sie mir eine runterhauen, aber stattdessen drehte sie sich um und fuchtelte mit dem Beil vor Dads Nase herum.

»Ich habe dir gleich gesagt, kauf den Plastikbaum!«, giftete sie. »Schau, was du angerichtet hast! Jetzt dreht auch noch deine Tochter völlig durch!«

»Ach, jetzt ist sie also meine Tochter?«, konterte Dad nicht weniger heftig. »Und ich bin wieder an allem schuld, ja?«

Sie bemerkten es nicht, aber ich sah ganz genau, wie sich der Baum blähte und heimlich wuchs.

Nachts kam Lisa zu mir und kroch unter meine Decke.

»Mom sagt, du hast gelogen«, flüsterte sie. »Und Onkel Stephen sagt, am Baum ist nur Harz. Weil, Weihnachtsbäume können keinen fressen.« Dazu hätte ich einiges sagen können, aber ich schluckte die Worte herunter. Ich war so enttäuscht und wütend, dass ich am liebsten geheult hätte. Doch Lisas aufgeregtes Atmen zeigte mir, dass sie wirklich Angst hatte. Für einige Sekunden spürte ich, wie unsere Herzen im selben Takt schlugen, zwei Hasenherzen auf der Flucht.

»Twinkie gehts gut«, sagte ich beruhigend. »Natürlich hat der Baum sie nicht gefressen, aber er hat sie mitgenommen – ins … äh … Katzenwinterland.«

Lisa hielt den Atem an.

»Ja«, spann ich den Faden weiter. »Wenn es einer Katze im Dezember in Florida zu heiß wird, geht sie an Weihnachten ins weiße Winterland.«

»Gibt es da richtigen Schnee?«, flüsterte Lisa atemlos.

»Klar«, erwiderte ich und lächelte. »Und Eiscreme und Sahne und ganz viele Muffins. Ihr geht es bestens.«

Doch zu meiner Bestürzung fing meine kleine Schwester an zu weinen. »Aber … dann kommt sie ja gar nicht mehr zurück!«, schluchzte sie. »Ich will, dass Twinkie wieder da ist!«

Plötzlich schämte ich mich.

»Klar kommt sie zurück«, sagte ich schnell und war froh, dass meine Schwester nicht sehen konnte, wie rot ich geworden war. Aber vielleicht log ich ja gar nicht. Vielleicht würde Twinkie morgen wiederauftauchen. Ich wusste es wirklich nicht. Ich wusste überhaupt nicht mehr, was ich denken sollte.

Ich träumte, dass der Weihnachtsbaum Lisa in seinen grünen Klauen hielt. Das Schlimme war, es war ein schöner Traum. Mom war auch da, sang für Lisa im Baum zum Abschied das Mäusekinderlied und lächelte mir zu wie damals, als ich sieben Jahre alt war und die Welt noch mir allein gehörte. Wir hatten noch kein Haus und keine Schulden, sondern wohnten in der kleinen Wohnung mit den billigen Möbeln und fuhren mit dem Zelt im Kofferraum zum Campen. Mom lachte über Dads Geschichten, und wenn sie sagte: »Du bist verrückt!«, da klang es liebevoll.

Ich schrak aus dem Traum hoch und strich meiner Schwester über das flaumige Haar. Sie murmelte etwas im Schlaf und ich schämte mich abgrundtief.

Groß und bedrohlich stand der Weihnachtsbaum im Wohnzimmer. Obwohl es Nacht war, konnte ich ihn gut erkennen. Die Harztropfen an den verstümmelten Ästen glänzten im grellen Schein der Weihnachtsbeleuchtung des Nachbarhauses. Tannennadeln knisterten, sachte wippte ein Ast in einem kaum fühlbaren Luftzug. Vorsichtig beugte ich mich vor. Da war er immer noch – der Fleck am Stamm, wo Twinkies Haare klebten. Und roch es nicht irgendwie auch komisch? Ich rümpfte die Nase. Irgendwie angegammelt und ein wenig nach ... Blut?

Nadeln strichen wie suchende Finger über mein Genick.

Mit einem Schrei fuhr ich zurück und fiel. Meine Ferse schmerzte, aber ich robbte weiter. Erst als ich an das Sofa stieß, blieb ich keuchend sitzen. Das, worüber ich gestolpert war, war eine Wurzel. Nun bestand kein Zweifel mehr. Bogenförmig erhob sie sich knöchelhoch aus dem gesplitterten Parkett. Die Spitze des Baums bog sich an der Decke um, hilflos baumelte der kleine Engel kopfüber nach unten.

»Du ... du meine Güte!«, stammelte Dad. Sein T-Shirt hing auf einer Seite aus der Pyjamahose. Im grellen Wohnzimmerlicht sah er aus wie ein geblendetes Nachttier, das nicht verstand, wo es war. Mom zog den Bademantel ganz eng um ihre Schultern und kaute auf ihrer Unterlippe herum. Hinter ihr erschien Lisa in der Tür. Sie starrte auf das geplatzte Parkett, aus dem inzwischen an mehreren Stellen Wurzeltriebe ragten, und fing an zu weinen.

»Kein Wasser«, flüsterte Dad. Wir sahen uns an, Entsetzen und eine dumpfe Vorahnung in den Augen, dann schritt Dad zum Baum hinüber, so entschlossen und furchtlos, dass mir angst und bange wurde. So kannte ich ihn nicht. »Der Sand im Eimer ist nass«, stellte er fest. »Hast du ...?«

Ich schüttelte heftig den Kopf.

Alle drei schauten wir Lisa an. Sie wurde noch kleiner und sah uns mit dem kläglichen Blick an, den sie immer hatte, wenn sie sich ertappt fühlte.

»Dort wächst auch etwas!« Mom deutete auf die Wand hinter dem Baum. In Augenhöhe waren Gipsplättchen abgesplittert. Aus einem daumengroßen Krater ragte eine fasrige Spitze hervor. Dad stürzte in die Küche. Als er zurückkam, hatte er das Küchenbeil in der Hand. Geradewegs ging er auf die Wand zu und holte aus. Mom schlug die Hand vor den Mund und presste mit dem anderen Arm Lisa an sich. Ein dumpfer Schlag erklang, als das Beil an der Wurzelspitze abrutschte. Dad fluchte und holte ein zweites Mal aus. Es knackte, dann zerbrach die Wand wie eine Eierschale.

»So was habe ich wirklich noch nie gesehen«, stöhnte unser Nachbar Bob und wischte sich den Schweiß von der Stirn. In unserem Wohnzimmer lag ein ganzes Arsenal von Werkzeugen, aber gegen die Wurzeln, die sich in der Wand und unter dem Parkett hindurchfraßen, konnte auch Bob der Baumeister nichts ausrichten.

»Die Wurzeln wachsen sogar in den ersten Stock hoch«, hauchte Mom, kreidebleich im Gesicht.

Ja, zu den Schlafzimmern, setzte ich in Gedanken hinzu.

Bob sah meine Eltern voller Mitleid an. »Da muss ein Fachmann ran. Ich gebe euch die Nummer von meinem Schwager. Er ist Gärtner. Wenn er das hier sieht, lässt der Feiertag Feiertag sein.«

Die Fernsehteams kamen am nächsten Tag. Bis dahin hatten Bobs Schwager und ein weiterer Gärtner vergeblich versucht, die Tanne aus dem Parkett zu rupfen. Unser Haus war umzäunt und abgesichert, das Viertel hatte sich in einen Rummelplatz verwandelt. Die gesamte Nachbarschaft drängte sich auf der Straße und diskutierte schnatternd wie eine Gänseschar. Auch Touristen in Shorts und Sandalen drängelten sich nach vorne und machten Fotos. Es gab Christmas-Cocktails, Muffins und die neuesten Storys über das »Horror-Haus«.

»Das Ding hat sich bis ins Erdreich unter dem Haus gebohrt«, erzählte Bob der blond geföhnten Moderatorin eines Privatsenders. »So wie es aussieht, muss das Haus komplett abgerissen werden.«

Betäubt vor Entsetzen sahen wir zu, wie der Rest unseres Parketts aufgestemmt wurde, Handwerker die Wände und Decken aufklopften und ein Geflecht aus Wurzelwerk freilegten, das es eigentlich nur in Albträumen gab. Endlich war das letzte Stück Wurzel zerhackt und in Labore in fast alle Bundesstaaten verschickt. Wochen später würden die Befunde eintreffen und das Unfassbare bestätigen: ganz normales Wurzelwerk. Sonst nichts. Das, was unser Zuhause gewesen war, wurde als Bauschutt in Container gekippt und abtransportiert. Weihnachten war endgültig vorbei. Fast ein Jahr lang campierten wir in Motels und strandeten schließlich in Mamas ehemaligem Kinderzimmer bei Grandma Imogen. Mom nahm Tabletten und wurde sehr ruhig, Dad begrub alle seine Pläne und jobbte in einem Supermarkt, um wenigstens einen Teil der Schulden für unser geschreddertes Haus weiter abzubezahlen. Weihnachten feierten wir nicht mehr.

Ich dachte oft an den Verkäufer, wünschte ihm die Pest an den Hals und stellte mir vor, was ich ihm antun würde, wenn ich ihn wiedersehen würde. Und ich sah ihn wieder. Ganz unverhofft, am anderen Ende des Landes, genau sieben Jahre später, am Christmas Day, den ich ganz alleine verbringen würde. Von Dad hatte ich nichts mehr gehört, seit er nach Vermont gezogen war. Mom hatte nach der Scheidung von ihm gerade wieder geheiratet und war auf Hochzeitsreise auf Hawaii. Lisa hatte durchgesetzt, dass sie mitsamt ihren fünf Katzen bei Grandma Imogen wohnen durfte. Von mir wollte sie seit jenem Weihnachtsfest nicht mehr viel wissen. Irgendwie nahm sie mir die Sache mit Twinkie immer noch übel, obwohl es doch gar nicht meine Schuld gewesen war.

Und der Mann, der gewissermaßen unsere Familie gesprengt hatte, stand nun an der Tankstelle vor mir und bezahlte seelenruhig seine Rechnung. Die Autoschlüssel in meiner Hand klapperten plötzlich, so sehr zitterten meine Hände.

»He, Sie!«, zischte ich.

Er drehte sich so bedächtig um, als hätte er nur darauf gewartet, angesprochen zu werden. Ich glaubte, ich müsste ihm erklären, wer ich war, aber als sein düsterer Blick mich traf, wurde mir klar, dass er es wusste. Ich nahm meinen ganzen Mut zusammen und richtete mich auf. Ich wollte ihm alles an den Kopf werfen, wollte zum Handy greifen und die Polizei rufen, aber alles, was ich herausbrachte, war ein gekrächztes »Warum?«.

Er zuckte mit den Schultern. »Hab euch doch gesagt: dem Nordmann kein Futter geben.«

Mit diesen Worten ließ er mich stehen. Ich stürzte ihm hinterher und erwischte ihn, als er gerade in seinen roten Truck einsteigen wollte.

»He, Moment mal!«, schrie ich. »Sie können mir doch nicht erzählen, dass Ihre Weihnachtsbäume bei jedem Käufer, der ihnen Wasser gibt, das ganze Haus zerstören und die Haustiere fressen.«

Er überraschte mich mit einem Lachen. Es klang rau und tief und jagte mir einen eisigen Schauer über den Rücken. »Oh nein, nicht bei jedem«, knurrte er. »Nicht bei jedem.«

Er stieg in den Truck ein. Jetzt erst fiel mir auf, dass die Ladefläche voller frisch geschlagener Tannen war. Ich bekam ganz weiche Knie, als ich die knorrigen Äste sah. Der Motor startete, doch der Verkäufer lehnte sich noch einmal aus dem Seitenfenster. »Nordmann lebt nicht von

Wasser«, sagte er. »Er lebt von Worten und bösen Wünschen.« Sein Lächeln bekam etwas Boshaftes. Dann spitzte er die Lippen und pfiff spöttisch die ersten paar Takte des Mäusekinderliedes.

Tante Dori

Bis zu dem Morgen, an dem ein Brief mit schwarzem Trauerrand in den Briefkasten flatterte, hatte Joey keine Ahnung gehabt, dass es in seiner Familie eine Tante Dori gegeben hatte. Und auch nicht, dass sie bis zu ihrem Tod in der geschlossenen Abteilung einer psychiatrischen Klinik gelebt hatte.

»Also war die so richtig durchgeknallt?«, wollte Joeys Bruder Simon wissen. »Was hat sie angestellt, dass man sie einsperren musste?«

»Woher soll ich das wissen?«, antwortete Lilah. »In meiner Familie wurde Tante Dori seit jeher totgeschwiegen. Ich weiß nur, dass sie über ein paar Ecken mit eurer Oma verwandt war. Und ich habe keine Ahnung, warum die Klinik jetzt ausgerechnet mich anschreibt. Hoffentlich wollen die kein Geld für die Beerdigung!«

Aber niemand forderte Geld von Joeys Mutter. Im Gegenteil. Tante Dori hatte etwas zu vererben. Und da sie keine eigene Familie hatte, so stand es in dem Brief, sollte ihr Nachlass nun an die letzten lebenden Verwandten gehen: Lilah Thompson und ihre beiden Söhne Simon und Joseph.

Vier Wochen später standen sie in einem Museum mitten in London, in dem es nach Ölfarbe, Staub und altem Holz roch. Es war das seltsamste Museum, das Joey in seinem Leben gesehen hatte, was natürlich nicht viel hieß. Lilah war nicht die Sorte Mutter, die mit ihren Kindern in den Zoo oder ins Museum ging, daher hatte Joey nur ein einziges Mal ein Museum von innen gesehen. Damals war er noch in die Grundschule gegangen, und er erinnerte sich vage an Dinosaurier-Skelette und ausgestopfte Löwen.

In den engen, holzgetäfelten Räumen des *Sir John Soane's Museum* gab es dagegen griechische Säulen, antike Skulpturen und Ölgemälde, die bis zu den Decken der gelb gestrichenen Räume reichten. Wohin Joey auch sah, überall starrten ihn strenge Männer mit weißen Perücken und Frauen in gerüschten Seidenkleidern an.

»Hör auf herumzuzappeln.« Lilah stupste ihn an und Joey wandte den Blick wieder zu dem grauhaarigen Museumsverwalter. *G. May*, stand auf dessen Namensschild; in seinem schwarzen Anzug sah Mister May allerdings eher aus wie ein Totengräber, der gerade eine sargähnliche Kiste öffnete. Ein vergilbter Zettel klebte darauf: *Nur zur Verwahrung! Eigentum von Doreen Baker.*

»Die Kiste stand schon seit Jahrzehnten vergessen in unserem Lager«, erklärte Mister May mit leicht näselnder Stimme. »Bis zur Anfrage von Mrs Bakers Nachlassverwalter wussten wir gar nicht, dass sie existiert. Die Kunstwerke wurden dem Museum vor vierzig Jahren zur zeitweiligen Aufbewahrung überlassen, nachdem Mrs Baker ... umziehen musste.«

»Also nachdem man sie in die Klapse eingesperrt hat«, meldete sich Simon zu Wort. Mister May warf ihm einen tadelnden Blick zu, aber Simon grinste nur frech. Dabei kaute er weiter mit offenem Mund Kaugummi. Man hörte, wie sein Zungenpiercing dabei gegen die Zähne klickte. Joey musste sich beherrschen, um nicht genervt mit den Augen zu rollen. Keine Ahnung, was mit Simon los war, aber in letzter Zeit hielt sich sein großer Bruder mit seinen betont rotzigen Sprüchen wohl für besonders cool.

»Man sagt nicht Klapse«, zischte Lilah Simon zu. »Es war eine Klinik. Tante Doreen war krank.«

Mister May musterte Simon und Joey so konzentriert, als würde er versuchen, ein Puzzle zusammenzubekommen.

Joey seufzte insgeheim. Diese Art von Blick kannte er nur zu gut. Die Leute rätselten immer, warum er mit seinem roten Haar, den hellblauen Augen und seiner weißen Haut das komplette Gegenteil von Simon war und auch Lilah kein bisschen ähnlich sah. Dabei war es ganz einfach: Joey war das Ebenbild seines Vaters. Lilah hatte Simon bekommen, als sie siebzehn war. Simons Vater war abgehauen. Drei Jahre später hatte sie dann Joeys Vater kennengelernt. Kurz darauf war sie wieder schwanger – und wieder allein.

»Jedenfalls besaß Mrs Baker zum Zeitpunkt ihres Todes drei Ölgemälde«, fuhr Mister May fort. »Zwei Kunstwerke eines bekannten Landschaftsmalers. Sie tragen die Titel: *Landschaft in Rosa* und *Morgenlicht in Dover*. Das dritte Werk nennt sich *Bildnis von Henry Baker*, allerdings weiß man nicht, wer der Künstler ist. Es trägt keine Signatur und ...«

»Wie viel bekommen wir für die Bilder?« Lilah leckte

sich über die Lippen. »Ich meine, der Nachlassverwalter sagte, das Museum könnte sie uns abkaufen?«

Wie immer, wenn sie nervös war, rieb sie sich über das schwarze Schmetterlingstattoo an ihrem Hals. Dabei fiel Joey auf, dass seine Mutter heute blau glitzernde Kunstnägel aufgeklebt hatte. Offenbar wollte sie vor Mister May ihre abgekauten Fingernägel verbergen.

»Sie wollen die Erbstücke veräußern?«, fragte der Museumskurator ungläubig. »Nun, *Landschaft in Rosa* dürfte mindestens tausend Pfund wert sein, *Morgenlicht in Dover* ebenfalls tausend. *Das Bildnis von Henry Baker* dagegen ...«

»Tausend Pfund? Pro Bild?«

Joey zuckte zusammen, so laut gellte der Aufschrei seiner Mutter durch das Museum.

»Wahnsinn!«, stieß nun auch Simon hervor. »Crazy Dori macht uns reich!«

»Aber klar verkaufen wir«, rief Lilah und lachte überdreht auf. Plötzlich wirkte sie noch viel jünger als sonst, fast wie eines der Mädchen aus der Oberstufe, die genau die gleichen bunt gefärbten Haare hatten und ebenfalls Jeansjacken mit aufgeklebten Strass-Steinen trugen. »Ist es möglich, dass ich das Geld noch heute bekomme? Dann lassen wir die Bilder gleich hier.«

Mister May hob die linke Augenbraue. »Es geht mich natürlich nichts an, aber erlauben Sie mir die Bemerkung, dass man solche Familienerbstücke nicht leichtfertig weggeben sollte. Gemälde sind nicht einfach nur Gegenstände. Sie haben ... eine eigene Seele, eine Geschichte, gewissermaßen auch ein eigenes Leben. Wollen Sie denn nicht wenigstens einen Blick darauf werfen?«

»Auf rosa Landschaften?« Simon grinste verächtlich und winkte ab. »Nee danke.«

»Ich würde sie gerne sehen!«, meldete sich Joey zu Wort. »Dieser Henry Baker – war das Tante Doris Mann?«

Mister Mays Augenbraue rutschte noch höher. »Sie wissen also gar nicht, dass Ihre Verwandte einen Sohn hatte?«, wandte er sich an Lilah. Er seufzte, als wären sie alle drei hoffnungslose Fälle, doch dann lächelte er Joey freundlich zu. Unwillkürlich erwiderte Joey das Lächeln. Irgendwie mochte er den ultrakorrekten Mister May.

»Henry war erst sechzehn Jahre alt, als er an Schwindsucht erkrankte«, erklärte dieser nun. »Aus der Korrespondenz zwischen dem damaligen Museumsdirektor und dem Mann, der ihm die Bilder schickte, erschließt sich, dass Mrs Baker dieses Porträt ihres Sohnes in Auftrag gab, als er schon sehr schwach war. Daher ist er nicht stehend abgebildet, sondern sitzt auf einem Stuhl. Um das Bild vollenden zu können, musste der Maler ihn während der letzten Sitzung an der Stuhllehne festbinden, weil der Junge sich nicht mehr aufrecht halten konnte. Nur einen Tag nach Fertigstellung des Kunstwerkes starb Henry Baker.«

»Cool«, sagte Simon. »Also einen an den Stuhl gefesselten Schwindsüchtigen schaue ich mir natürlich auch an.«

Mister May verkniff sich ganz offensichtlich eine nicht sehr freundliche Bemerkung und wandte sich zur Kiste um. Eine muffig riechende Staubwolke stieg auf, als er das Gemälde hervorzog.

Und dann blieb sogar Simon jedes weitere Wort im Hals stecken.

Joey wich beim Anblick des schwarzhaarigen Jungen erschrocken zurück.

Aufrecht und mit einem leichten Lächeln saß Henry Baker vor roten Samtvorhängen, die Hände auf die kunstvoll geschnitzten Lehnen eines Stuhls gelegt. Doch er sah alles andere als schwach und krank aus. Seine dunkelbraunen Augen schienen Joey arrogant anzufunkeln. Sie wirkten gespenstisch lebendig. Aber das war nicht das Gruseligste an dem Bild. Das Gruseligste war, dass Henry Simons Ebenbild war.

»Wie krass ist das denn!« Simon lachte los und zückte sein Smartphone.

»Das ... das gibt es doch nicht!«, stammelte Lilah.

Mister May lächelte sichelfein. »Ja, bemerkenswert, wie sich Familienähnlichkeiten manchmal über Generationen hinweg vererben.«

Joey rieb sich unbehaglich über die Arme. Trotz der Sommerhitze war es in dem muffigen Museum plötzlich seltsam kühl. »Was ist das neben Henrys Hals?«, fragte er leise. »Das sieht aus wie ein geklebter Riss.«

»Soweit aus den alten Unterlagen hervorgeht, handelt es sich um einen Schnitt«, erwiderte Mister May. »Mrs Baker hatte wohl versucht, das Bild ihres Sohnes zu zerstören. Dieser Vorfall war der Grund, warum die Kunstwerke aus ihrer Reichweite entfernt und hier im Museum gelagert wurden. Wegen der Beschädigung ist der Wert dieses Gemäldes natürlich gemindert ...«

»Dieses hier verkaufen wir natürlich nicht!« Lilahs Ohrringe klimperten, als sie sich vorbeugte und das Porträt fasziniert aus der Nähe betrachtete. »Hallo Henry«, sagte sie sanft. »Willkommen in der Familie!«

Im Wohnzimmer des abgewohnten, winzigen Reihenhauses in Paddington, das früher Grandma Barb gehört hatte, wirkte das Erbstück mit seinem wuchtigen Goldrahmen völlig fehl am Platz, fand Joey. Mit dieser Meinung stand er allerdings völlig alleine da, denn das Bild schien alle Leute, die es betrachteten, vollkommen in seinen Bann zu ziehen. Wochenlang gaben sich Lilahs Freundinnen und alle Nachbarn die Klinke in die Hand, um den Jungen auf dem Stuhl andächtig seufzend zu betrachten. Simon postete fast im Stundentakt Selfies von sich und Henry. Seit die Sommerferien begonnen hatten, hing er bis spät in die Nacht im Wohnzimmer herum, wo er in Gegenwart des Bildes Horror- und Mystery-Serien auf dem neuen Flachbildfernseher schaute. Lilah hatte auch ein neues Sofa und eine Glasvitrine gekauft. Sie übernahm nachts keine Zusatzschichten mehr bei Burger King, sondern ging zum Tanzen aus. Sonntags gab es nicht länger Chips und Fastfood vor dem Fernseher, sondern richtiges Essen am gedeckten Tisch. »Wir sind jetzt ja schließlich feine, reiche Leute mit einer Ahnengalerie«, scherzte Lilah. Ja, dank Tante Doris Erbe hatte sich einiges verändert. Aber nur Joey schien aufzufallen, dass sie im Haus nicht länger zu dritt waren.

»Warum starrst du denn schon wieder das Bild an?«, fragte Lilah wieder einmal beim Abendessen.

»Findet ihr nicht auch, dass er anders lächelt als sonst?«, murmelte Joey. »Irgendwie ... lauernd.«

»Fängst du jetzt wieder zu spinnen an?«, frotzelte Simon und schaufelte sich noch eine Ladung gebackener Bohnen in den Mund.

»Wie oft denn noch, Joey: Bilder verändern sich nicht«, sagte Lilah. »Allerdings habe ich die Stehlampe umgestellt. Vielleicht fällt das Licht jetzt anders darauf.«

Joey verzog zweifelnd den Mund und stocherte auf dem Teller herum. »Warum wollte Tante Dori das Bild damals eigentlich zerstören?«, fragte er nach einer Weile.

Lilah hob ratlos die Schultern. »Sie war psychisch krank. Vielleicht ist sie einfach mal ausgerastet.«

»Hat Grandma denn nie etwas darüber erzählt?«

Seine Mutter und Simon wechselten einen schnellen Blick, dann schüttelte Lilah ungeduldig den Kopf. »Sie wollte nach einem Streit nichts mehr von Dori wissen. Die beiden sprachen nie wieder ein Wort miteinander.«

»Gibt es auch keine alten Briefe oder so was?«, bohrte Joey weiter.

»Nope«, nuschelte sein Bruder mit vollem Mund. »Ich

muss es wissen, ich habe Grandmas ganzes Zeug nach ihrer Beerdigung auf den Dachboden geschleppt.«

»Aber irgendwie muss man doch herausfinden, warum ...«

Lilahs Messer klirrte gegen den Teller. »Es reicht jetzt, Joey! Komm mal wieder runter. Du bist ja regelrecht besessen von diesem Bild!«

Aber wenn hier einer besessen war, dann war das wohl eher Simon.

»Hör auf, Fotos von meinem Bild zu machen«, schnauzte er Joey einige Tage später an.

»Du machst doch selbst die ganze Zeit welche«, gab Joey zurück. »Du hast schon eine ganze Sammlung bei Facebook! Und außerdem ist das nicht dein Bild!«

»Na, deins aber auch nicht, Karottenkopf!« Simon fuhr ihm mit der Hand ins Haar und ruckte so heftig an den roten Strähnen, dass Joey aufschrie. »Au, spinnst du?«

Doch Simon lachte nur auf eine komisch fremde, fiese Art, nahm Joey in den Schwitzkasten und entwand ihm auch noch die Digitalkamera.

»Irgendetwas passiert mit ihm«, beschwerte sich Joey

bei Lilah. »Simon trägt nur noch diese schwarzen Klamotten und kämmt sich einen Seitenscheitel, als wollte er Henrys Zwilling werden. Er geht nicht mehr zum Fußballtraining und trifft sich nicht mehr mit seiner Clique, sondern sperrt sich in seinem Zimmer ein. Er hört komische Grufti-Musik und liest plötzlich sogar Bücher! Und zu mir war er noch nie so gemein.«

»So, er liest Bücher?«, sagte Lilah ironisch. »Wirklich besorgniserregend!« Sie zückte die Wimperntusche und beugte sich zum Spiegel. »Wenn er unbedingt ein Goth sein will, lass ihn doch«, murmelte sie, während sie sich die Wimpern nachtblau tuschte. »Das ist mir lieber, als wenn er mit dieser Biker-Gang durch die Gegend zieht und lernt, wie man Autos und Türschlösser knackt. Und dass ihn sein kleiner Bruder nervt, ist in dem Alter normal. Er steckt schließlich mitten in der Pubertät! Geh ihm einfach aus dem Weg. Und ich rede morgen mit ihm wegen deiner Kamera, okay?«

Damit strubbelte sie ihm durch das Haar und verschwand gut gelaunt zu ihrem Kino-Date. Joey blieb wieder einmal ratlos zurück. Als er ins Wohnzimmer zurückging, wirkte Henrys Lächeln nicht mehr lauernd, sondern auf eine hämische Art zufrieden. *Wie eine Kat-*

ze, die gerade eine Maus verspeist hat, dachte Joey voller Unbehagen.

Simon gab zwar die Digitalkamera zurück, doch Joey fand schnell heraus, dass er dem Gemälde mit Beweisfotos nicht auf die Schliche kam. Es war wie verhext, aber auf Fotos waren die Veränderungen nicht sichtbar. Doch durch Wände und Türen hindurch spürte Joey inzwischen Henrys lauernde Gegenwart wie Nebel, der kalt und klebrig durch jede Ritze und jedes Schlüsselloch drang. Dass er endlich etwas unternehmen musste, wurde ihm jedoch erst in der Nacht klar, als die Sache mit Simon passierte.

Es war zwei Uhr morgens, als Joey aufwachte. Natürlich hatte er wieder von Henry geträumt. In seinen Träumen saß der Junge leblos in sich zusammengesunken auf dem Stuhl, die Augen geschlossen, das Kinn auf der Brust. Er sah ziemlich tot aus und Joey wachte jedes Mal erleichtert auf. Aber leider hielt diese Erleichterung nur so lange, bis ihm bewusst wurde, dass es nur ein Traum gewesen war. So auch jetzt.

Joey seufzte und machte das Licht an. Seine Zunge klebte vor Durst am Gaumen. Leise schlüpfte er aus dem Bett, tappte auf den Flur – und stutzte.

Seit Wochen schloss Simon sein Zimmer immer ab und nahm den Schlüssel mit. Aber nun schimmerte bläuliches Monitorlicht durch einen offenen Türspalt. Simon war nicht da. Neben der Tastatur stapelten sich Bücher aus der Bibliothek. *Geschichte des Spiritismus*, las Joey auf einem goldumrandeten Einband. Er schlich näher und spähte auf den Monitor. Simon surfte in irgendeinem Forum. Totenköpfe und Grabkreuze zierten die Page und die User hatten Namen wie Nekromania, Count Draco und Darkness02. Joey zuckte zusammen, als er einen vertrauten Avatar sah: Henrys Gesicht. Darüber prangte das, was offenbar Simons Username war: Deadman. Simon hatte gerade etwas gepostet, doch den Eintrag noch nicht abgeschickt. »Habe mir das Buch geholt, aber es funktioniert einfach nicht«, las Joey. »Ich brauche das richtige Codewort. Hat jemand noch 'ne Idee ...«

Unten klappte die Tür eines Küchenschranks laut zu und Wasser rauschte auf. Joey fuhr herum – und stieß sich die Ferse an etwas Hartem. Grandmas verstaubter Koffer vom Dachboden! Daneben lagen auf dem Boden ihre zerfledderte Bibel, ein paar Gebetsbücher und drei eng beschriebene Blätter. *»Du darfst mich nicht verurteilen, Barbara!«*, stand auf einem davon. *»Vielleicht verstehst Du* *es nicht – wie solltest Du auch, Du hast ja auch kein todgeweihtes Kind. Aber das, was ich tun muss, ist kein gottloses Teufelswerk, wie Du sagst. Sondern der einzige Weg, meinen Jungen vor dem sicheren Tod zu retten.*«

Jetzt war Joey endgültig hellwach. Das waren Briefe, die Tante Dori an seine Großmutter geschrieben hatte! Er horchte kurz, dann hechtete er zurück in sein Zimmer und schnappte sich die Digitalkamera. Wieder in Simons Zimmer fotografierte er die Blätter ab. Mit klopfendem Herzen wartete er dann hinter seiner eigenen Tür darauf, dass sein Bruder die Treppe hochkam. Aber nichts geschah.

Schließlich, nach einer Ewigkeit, schlich Joey hinunter.

Unten im Wohnzimmer war die Stehlampe neben dem Gemälde eingeschaltet. Und da war Simon! Er kniete in dieser Insel von Licht und schaute zu Henry hoch. Er pendelte mit dem Oberkörper leicht vor und zurück, vor und zurück. Joey wurde mulmig zumute. *Wie ein Schlafwandler*, dachte er. *Oder wie eine Marionette, die an Fäden hängt.*

»Simon?«, flüsterte er. Als er zu seinem Bruder trat und ihm sacht die Hand auf die Schulter legte, spürte er ein kaltes Kribbeln an den Fingerspitzen. Sein Bruder reagierte nicht, doch Joey sah, dass Simons Lippen sich lautlos bewegten. Er packte fester zu und rüttelte. »Simon! Schläfst du? Wach auf!«

Simon schoss so schnell hoch, dass er Joey völlig überrumpelte. Im nächsten Moment traf ihn ein Schlag, der ihn rücklings gegen die Stehlampe schleuderte. Mit Getöse krachte sie gegen die Glasvitrine mit Grandmas Tassen, dann ergoss sich ein klimpernder Regen von Glasscherben über den Boden.

Aber Joey konnte nur fassungslos seinen Bruder anstarren, der mit verzerrtem Gesicht und geballten Fäusten über ihm stand.

»Jungs?« Lilah eilte die Treppe herunter. »Was ist hier los?« Joey wollte antworten, aber Simon kam ihm zuvor. Von einer Sekunde auf die andere war seine wütende Grimasse verschwunden. »Ich wollte mir gerade ein Glas Wasser holen, als dieser Freak mich angegriffen hat«, sagte er. »Offenbar bewacht er jetzt nachts das Bild.«

»Das ist nicht wahr!«, empörte sich Joey. »Du warst hier! Du hast sogar mit dem Bild gesprochen!«

Aber in Simons Augen war ein kalter, fremder Glanz, als er, ohne mit der Wimper zu zucken, log: »Nein, das warst du, Joey! Ich habe es doch genau gesehen, du kleiner Irrer.«

Joey dachte nicht mehr nach, er ging einfach auf seinen Bruder los. Die ganze Wut der letzten Wochen brach aus ihm heraus. Als er wieder zu sich kam, tat seine linke Faust weh und Lilah umklammerte seine Brust und zerrte ihn von Simon weg. »Schluss jetzt!«, rief sie ihm ins Ohr. »Bist du verrückt geworden?«

Simon rappelte sich vom Boden auf und wischte sich mit dem Handrücken über die blutende Nase. Er blinzelte so verwirrt wie jemand, der tatsächlich aus dem Schlaf gerissen worden war. »Vielleicht kannst du ihn ja zur Vernunft bringen, Lilah«, nuschelte er. »Ich gebs auf.«

Damit eilte er die Treppe hoch und schlug seine Zimmertür hinter sich zu.

Natürlich nützte es nichts, Lilah zu erklären, was wirklich passiert war. Und je verzweifelter Joey versuchte, sie zu überzeugen, desto entschiedener schüttelte sie den Kopf. »Du warst doch immer der Ruhige und Vernünftige von euch beiden«, sagte sie besorgt. »Und jetzt gehst du mit Fäusten auf deinen Bruder los. So kenne ich dich gar nicht!«

Joey musste schwer schlucken. Jetzt vor Wut zu heulen machte die Sache sicher nicht besser. »Simon lügt, Mum!« Lilah zuckte zusammen, als er sie einfach Mama nannte. Aber Joey achtete nicht darauf und redete weiter.

»Und außerdem hat er neulich behauptet, es gibt keine Briefe von Dori, dabei liegen sie in seinem Zimmer.«

Lilah wich Joeys Blick aus. »Ach, die Briefe«, murmelte sie. »Ja, Dori hatte damals an Grandma geschrieben, aber es war nur wirres Zeug. Ich hatte ... deinen Bruder gebeten, dir nichts zu erzählen und die Briefe wegzuräumen, damit du sie nicht findest und auf komische Ideen kommst ...«

»Dann lügt ihr mich also beide an?«, schrie Joey. »Na vielen Dank!«

Lilah war blass geworden. »Ich ... hole jetzt erst einmal die Kehrschaufel für die Scherben«, sagte sie. »Und du gehst in dein Zimmer und beruhigst dich!«

Joey sah seiner Mutter nach, wie sie eilig in die Küche ging, fast so, als wäre sie froh, Abstand zu ihm zu bekommen. In seinem Nacken spürte er das kühle Knistern von Henrys Blick. Langsam drehte er sich um. Seine Knöchel pochten, so fest ballte er die Hände zu Fäusten. Auch Henrys Hände hatten sich verändert. Sie krallten sich in die Lehnen, als wollte der schwarzhaarige Junge jeden Moment aufstehen. »Mich kannst du nicht täuschen«, sagte Joey leise, aber sehr deutlich. »Und lass meinen Bruder in Ruhe!«

In den dunklen Augen entzündete sich ein zorniger Glanz. Und als wäre Henrys Gesicht nur eine Maske aus

Farbe und Firnis, schimmerte plötzlich etwas anderes durch das Gemälde hindurch. Etwas, das alt war, viel älter als der Junge auf dem Bild. Etwas mit vertrockneten Lippen und gebleckten Zähnen.

Mister Mays Büro war genauso mit Bildern und Antiquitäten vollgestopft wie der Rest des Museums. Auch das altmodische Teeservice auf dem Tisch hätte gut in eine der Vitrinen in den Ausstellungsräumen gepasst. Joey rührte seine Tasse nicht an. Seine Hände zitterten so sehr, dass er den Tee bestimmt nur verschüttet hätte.

»Du willst also mehr über deine verstorbene Verwandte herausfinden?«, fragte Mister May.

Joey nickte. »Neulich hatten Sie gesagt, dass Sie Briefe im Archiv haben. Von dem Mann, der die Bilder dem Museum zugeschickt hat. Kann ich die mal lesen?«

»Nun, ich kann dir Einblick geben. Doch warum interessiert dich das?«

Joey musste tief durchatmen. »Sie haben doch gesagt, dass Bilder eine eigene Seele und ein eigenes Leben haben können. Gibt es so was wirklich, Mister May? Also dass Bilder lebendig werden können?«

Mister May lehnte sich zurück und legte sachte die Fingerspitzen aneinander. »Du meinst, im konkreten Sinne? Wie bei Pygmalions Statue einer Frau, die sich in ein Wesen aus Fleisch und Blut verwandelte? Oder eher etwas abstrakter im Sinne von Oscar Wildes berühmtem Werk?«

Als Joey nur ratlos schwieg, hob Mister May die linke Braue. »Jetzt sag mir bitte nicht, dass du noch nie vom *Bildnis des Dorian Gray* gehört hast.«

Joey konnte sich vage an eine Gruselfilm-DVD mit diesem Titel erinnern, die im Wohnzimmer lag, also nickte er. »Doch, klar, aber den Film habe ich nicht gesehen.«

»Den Film?« Mister May seufzte auf eine Art, als würde er einem Neandertaler erklären müssen, was Buchstaben sind. »Es ist ein Roman. Verfasst hat ihn der Schriftsteller Oscar Wilde. Darin geht es um einen jungen Mann, der unsterblich ist, nur sein gemaltes Porträt altert an seiner Stelle. Doch Falten und graue Haare sind nicht die einzige Veränderung auf dem Bild. Im Laufe des gottlosen und lasterhaften Lebens, das Dorian Gray jahrhundertelang führt, wird sein gemaltes Ebenbild zu einem entstellten Scheusal – zum Abbild seines wahren Charakters und … Junge? Ist alles in Ordnung? Du zitterst ja.«

Joey wollte widersprechen, aber jetzt fingen auch noch seine Zähne an zu klappern. Zu gut erinnerte er sich an den Bruchteil eines Wimpernschlags, in dem er Henrys wahres Gesicht gesehen hatte. »Ja, ich m…meine so was in der Dorian-Art«, stammelte er.

Mister May beugte sich besorgt über den Tisch. »Joseph!«, sagte er eindringlich. »Was ist passiert?«

Und Joey erzählte alles, stockend, Wort für Wort. »Dori schrieb an Grandma, dass sie einen Maler kennt, der besondere Farben herstellt. Farben aus Friedhofserde und Katzenblut und Asche von Rabenknochen und … noch ein paar andere eklige Sachen. Sieben Zutaten mussten es sein. Damit wollte dieser Maler Henrys Seele auf die Leinwand bannen. Und nach seinem Tod wollte Dori ihn wieder ins Leben zurückrufen und sein neuer Körper wäre nicht mehr krank. Die Bedingung des Malers war, dass Dori und ihr Sohn Gott abschworen und einer Art Sekte beitraten. Aber irgendetwas muss mit dem Gemälde schiefgelaufen sein.«

Seltsamerweise war Mister May nur wenig beeindruckt. »Nun, wer verzweifelt ist, tut alles, um einen geliebten Kranken zu retten. Es ist offensichtlich, dass Mrs Baker auf einen Betrüger hereingefallen ist, aber zu ihrer Zeit glaubten viele Menschen an Okkultismus und Magie.«

»Aber das Bild lebt wirklich und hat Simon verhext!«, rief Joey. »Er ist wie hypnotisiert.«

Mister May räusperte sich. »Glaube mir, hier ist nichts Übersinnliches im Spiel. Und ich möchte deiner Familie keinesfalls zu nahe treten. Aber einen gewissen Hang zu Sensationslust und eine Faszination am Morbiden kann man deinem Bruder wohl nicht ganz absprechen ...«

»Was soll das denn heißen?«, platzte Joey empört heraus. »Simon ist in Ordnung!«

Mister May sah ihn ernst und sehr aufmerksam an. »Du machst dir wirklich große Sorgen um ihn, nicht wahr? Und du würdest viel daransetzen, um ihn zu beschützen.«

Joey richtete sich im Stuhl kerzengerade auf. »Alles«, sagte er mit fester Stimme. »Hey, er ist mein Bruder!«

Zu seiner Überraschung zeigte ihm Mister May ein feines Lächeln. »Du bist ein mutiger, aufrichtiger Junge, Joseph Thompson«, sagte er, während er zum Telefon griff. »Ich hoffe, deine Familie wird das eines Tages zu schätzen wissen.«

Mit allem hätte Joey gerechnet, aber nicht damit, dass Henrys Porträt einfach verschwunden sein würde, als er vom Museum nach Hause kam. »Wo ist es?«, rief er. »Doch nicht etwa in Simons Zimmer, oder?«

»Nein, in einem Lagerraum hinter der Autowerkstatt«, erwiderte Lilah. »Und dort bleibt es auch, bis ihr Jungs wieder normal tickt. Und ich erwarte, dass du dich bei Simon für den Faustschlag entschuldigst.«

Doch das war gar nicht nötig, denn Simon war plötzlich wie verwandelt. »Oh Mann, keine Ahnung, was heute Nacht mit mir los war«, sagte er ehrlich zerknirscht. »Ich erinnere mich zwar, dass ich irgendwie sauer auf dich war, aber ich habe total vergessen, weshalb. Lilah sagt, wir haben bei einer Prügelei die Vitrine zerdeppert. Aber ich weiß nur noch, dass ich plötzlich im Wohnzimmer stand und Nasenbluten hatte.« Er grinste entschuldigend und streckte Joey die Hand hin. »Sorry, falls ich etwas Blödes gesagt habe«, sagte er. »Friede?«

Und als Joey die Hand voller Erleichterung ergriff, fühlte es sich an, als würde er Simon endgültig von dem Abgrund wegziehen, der seinen Bruder schon beinahe verschlungen hatte.

Die nächsten Tage schien tatsächlich alles wieder gut zu werden. Als wäre wirklich ein Bann von Simon genommen worden, begann er nachmittags wieder zum Fußballtraining zu gehen und stylte sein Haar zu seiner üblichen wilden Frisur. Joey zog er nur noch auf eine rotzige, kumpelhafte Art auf und nannte ihn wie früher mit gönnerhaftem Grinsen »Shorty«. Beim Abendessen wurde wieder viel gelacht. Kein Zweifel: Sie waren wieder unter sich.

Nur wenn Joey mit dem Fahrrad an der Autowerkstatt vorbeifuhr, ertappte er sich dabei, wie er fester in die Pedale trat. Weit hinter dem Zaun drängten sich die Lagerschuppen zusammen. Sie waren mit dicken Vorhängeschlössern gesichert, aber Joey bildete sich ein, Henrys Zorn wie Hitzeflimmern über den Dächern aus Wellblech wabern zu sehen.

Und als eine Woche nach Henrys Verbannung ein flaches Päckchen mit dem Logo des Museums im Briefkasten lag, war es für einen Moment so, als würde Henrys Schatten wieder nach Joeys Zuhause greifen.

»Wieso bekommst du Post vom Museum?«, fragte Simon verwundert.

»Keine Ahnung«, log Joey. »Ist bestimmt nur eine Broschüre oder so.«

Er hatte ein mulmiges Gefühl, als er in sein Zimmer ging. Kurz überlegte er, ob er den Umschlag einfach ungelesen wegsperren und vergessen sollte, aber schließlich siegte seine Neugier doch.

»Meine Nachforschungen waren erfolgreich«, schrieb Mister May. *»Der Arzt, der Deine Verwandte behandelte, hieß Dr. Homer Stone. Er war Nervenarzt im Newsham Park Hospital in Liverpool. Das ist die Klinik, in die Doreen Baker nach ihrem Zusammenbruch eingewiesen wurde. Dr. Stone ist längst verstorben, aber seine Enkelin war so freundlich, mir einige Unterlagen zuzuschicken, die er aufbewahrt hat. In der Hoffnung, dass Dich die medizinisch-wissenschaftliche Erklärung beruhigt und überzeugt, dass bei dem Bild keinerlei Magie im Spiel ist, verbleibe ich mit freundlichen Grüßen ... Grayson May.«*

In dem Päckchen befand sich eine vergilbte Mappe mit Papieren. Ganz vorne war ein Brief eingeheftet. Auf dem blassrosa Bogen erkannte Joey Grandmas runde Schrift.

»Ich sende Dir hier Deinen letzten Brief ungeöffnet zurück, Doreen«, schrieb sie. *»Ich will keine einzige Zeile mehr von Dir lesen. Wage es nicht, noch einmal mit mir in Kontakt zu treten, für mich bist Du von nun an so tot wie Dein armes Kind, das Du aus Gottes Armen gerissen und bis zum letzten Tag hast leiden lassen. Ich bete für den armen Henry und weine beim Gedanken daran, dass er in ungeweihter Erde ruht. Du wirst für Deinen unheiligen Pakt mit dem Bösen in die Hölle kommen!«*

Wow. Joey schluckte. So wütend kannte er Grandma gar nicht. Und sie hatte also einen Brief von Doreen bekommen und ihn ungelesen an die Klinikadresse zurückgeschickt? Joey blätterte um und stieß tatsächlich auf ein Schreiben von Dori. Es war eine Woche früher verfasst worden und an Grandma gerichtet. Doch offenbar hatte nur Dr. Stone diesen Brief gelesen.

»Ich weiß nicht, ob dieser Hilferuf Dich erreichen wird, Barbara«, hatte Tante Dori mit fahriger Hand hingekritzelt. *»Ich musste einen Wärter bestechen, ihn wegzuschicken, denn die Ärzte bewachen mich wie einen tollwütigen Hund. Oh, warum habe ich nicht auf Dich gehört! Der Junge auf dem Gemälde ist nicht mehr mein armer, sanfter, guter Henry. Vielleicht war er es nie. Oder Mister Hallwards Magie hat ihn in seiner Todesstunde verwandelt – in etwas Böses, das Menschen auf zerstörerische Art in seinen Bann zieht. Ich flehe Dich an, Barbara, Du bist die Einzige, die mir jetzt noch helfen kann. Ich bin in dieser Anstalt gefangen. Ich weiß nicht, wo sie das Bild verstecken, aber Du musst es finden und zerstören!«*

Joey las mit klopfendem Herzen weiter, während ihm bei jeder Zeile das Herz tiefer in die Hose rutschte. Dann musste er eine ganze Weile tief durchatmen. Seine Hände zitterten, als er den Bericht des Arztes durchblätterte. *»... Symptome einer durch Trauer ausgelösten Psychose ...«, »... Verfolgungswahn ...«, »... Gewaltbereitschaft ... Sicherheitsrisiko für ihr Umfeld ...«*

»Die Patientin verletzte zwei Nachbarn, die von einem Schrei und von Lärm alarmiert in ihre Wohnung eingedrungen waren und versuchten, ihr zum eigenen Schutz ein großes Küchenmesser zu entwinden. Die Patientin beharrt jedoch darauf, dass die Nachbarn versucht hätten, sie zu töten, und sie sich lediglich gewehrt habe. Sie ist davon überzeugt, dass das Gemälde ihres verstorbenen Sohnes Menschen gedanklich manipulieren kann und die Nachbarn herbeigerufen hatte, um seine Zerstörung zu verhindern. Die Patientin glaubt nach wie vor daran, dass der porträtierte Junge mithilfe von sieben Wiederholungen der lateinischen Formel ›Revertaris‹ zum Leben erweckt werden kann. Sie beruft sich auf die spiritistischen Lehren eines Künstlers namens Robert Hallward, der das Bild angeblich gemalt hat. Doch einen Maler dieses Namens gibt es ebenso wenig wie eine von ihm gegründete Sekte, die sich mit der Erweckung von Toten befasst. Diese Behauptungen der Patientin sind Teil ihrer Wahnvorstellungen. Da die Patientin Kunst liebt und viel Zeichentalent zeigt, halte ich

es für wahrscheinlich, dass sie das Bild selbst angefertigt hat.«

»Na klar, Dr. Schlaukopf!«, murmelte Joey. Mit einem Kribbeln im Zwerchfell las er noch einmal die verzweifelten Worte, die Grandma nie gelesen hatte. Dann zerriss er den Brief und stopfte ihn mit dem Rest der Mappe in den Papierkorb neben seinem Schreibtisch, als könnte er Tante Dori damit aus seinem Gedächtnis verbannen.

Ausgerechnet an diesem Abend hatte Lilah ein Date und würde bis spät in der Nacht weg sein. »Du schaust keine Horrorfilme!«, rief sie aus dem Badezimmer. »Und ansonsten gilt: keine Ballerspiele am Computer, keine Pizzabestellungen und Finger weg vom Bier im Keller, klar? Nur weil Simon heute Abend nicht zu Hause ist, heißt das nicht, dass du hier alleine machen kannst, was du willst.«

»Glaub ihr kein Wort, Shorty«, sagte Simon lässig und schulterte an der Haustür seine Trainingstasche. »Du bist heute der Chef hier.« Er grinste gut gelaunt und zwinkerte Joey verschwörerisch zu.

»Toll«, murmelte Joey. »Wohin gehst du nach dem Training eigentlich?«

»Party«, antwortete Simon. »Einer der Jungs hat Geburtstag. Also keine Gefahr, dass ich um zehn schon wieder da bin.«

Na prima. Joey fühlte sich mit einem Mal noch elender. Den ganzen Nachmittag über hatte er versucht, Doris Brief zu vergessen. Aber ihre Worte hatten sich so fest eingebrannt, dass die dunkle Wolke von Henrys Präsenz wieder bleischwer über dem Haus zu hängen schien. »Kann ich mitkommen?«, rutschte es ihm heraus.

Simon starrte ihn an, als wären ihm plötzlich Fledermausohren gewachsen. Dann brach er in sein typisches *Gehts-noch?*-Gelächter aus. »Träum weiter, Karottenkopf«, sagte er spöttisch. »Seh ich aus wie 'n Babysitter?«

Anfangs war es noch ganz okay gewesen, alleine im Haus zu sein. Aber seit es dämmerte, war es nicht mehr so lustig. Obwohl es natürlich Unsinn war, bildete Joey sich ein, dass der Schatten der Stehlampe Tante Doris Geist war, der ihn vorwurfsvoll anstarrte. Hastig machte er noch alle anderen Lichter an und stellte den Fernseher lauter. Dann ging er in sein Zimmer und holte ein Computerspiel aus seinem Regal. Dabei versuchte er nicht daran zu denken, was tief unter zusammengeknüllten Chipsverpackungen vergraben im Papierkorb lag. Er war schon fast wieder an der Tür, als er etwas Komisches wahrnahm. Hier roch es irgendwie nach ... Männerseife und Zitrone? Der Duft erinnerte an Simons Haargel, aber das konnte nicht sein. Das Zimmer war bis eben abgeschlossen gewesen. Doch dann fiel ihm auf, dass der Papierkorb eindeutig anders stand als sonst und irgendwie – durchwühlt aussah. Und die Mappe war weg!

So schnell war Joey noch nie über den Flur gehechtet.

In Simons Zimmer mischte sich Gel-Duft mit dem Mief von abgestandener Luft. Auf dem Boden ballten sich getragene T-Shirts und auf dem Schreibtisch türmte sich ein Chaos aus leeren Coladosen und Ladekabeln. Aber neben der Tastatur entdeckte Joey ein Stück Draht, das Simon zu einem verdrehten Haken gebogen hatte. Genau die Art von Werkzeug, die man benötigte, um eine Zimmertür aufzukriegen, wenn man keinen Schlüssel hatte. Joey fluchte und begann fieberhaft zu suchen. Die vergilbte Mappe fand er nicht, aber dafür rutschten ihm in der untersten Schublade des Schreibtischs Dutzende von ausgedruckten Fotos von Henry entgegen. Als er erschrocken hochzuckte, rumpelte er mit der Schulter gegen die Tischplatte. Die Computermaus verrutschte und der Monitor erwachte aus dem Standby-Modus. Simon hatte es offenbar eilig gehabt und vergessen, den Rechner herunterzufahren. Vor Joeys entsetztem Blick poppte das Gothik-Forum auf. Und als sein Blick auf den neuesten Eintrag fiel, wurde ihm endgültig klar, dass sein Bruder weder heute noch in den vergangenen Tagen beim Fußballtraining gewesen war. »Bis gleich!«, hatte Simon aka Deadman gepostet. »Selbe Zeit, selber Ort. Happy birthday, Henry!«

In Joeys Ohren hallte immer noch das Hupen des Autos, das ihn an der Kreuzung fast gerammt hätte. Der Vorderreifen seines Fahrrads schlitterte bei der Vollbremsung im Kies. Er sprang ab und ließ das Rad einfach in die Hecken rasseln. Hinter dem Zaun kauerten die Lagerschuppen wie eine Ansammlung tückischer Boxtrolle. Ein Fenster leuchtete in gelbem Schein. »Simon!«, brüllte Joey. Er riss sich die Jeans auf, als er im Dunkeln über den Zaun kletterte und böse aufs Knie stürzte. Fluchend holte er das kleine Teppichmesser aus dem Rucksack und rannte humpelnd auf die Container zu, während Doris Worte ihn umschwirrten wie Totenkopffalter.

»Das Bildnis ist wie ein Raubtier, das sich Beute sucht.

Und als ich das erkannte und plötzlich voller Entsetzen begriff, was der furchtbare Preis dafür wäre, das magische Erweckungswort ein siebtes Mal zu sprechen, wurde mir klar, dass ich Hallwards teuflisches Machwerk um jeden Preis zerstören musste …«

Auf den letzten Metern hörte Joey dumpfe Gothik-Musik und Simons Stimme, die feierlich und langsam ein Wort wiederholte. »Revertaris … Revertaris …«

Keuchend erreichte Joey das Lager. Mit aller Kraft riss er am Riegel und warf sich gegen die Tür. Er brach mitten in eine Versammlung von schwarz gekleideten Jugendlichen und prallte mit voller Wucht gegen ein vampirhaft geschminktes Mädchen. Doch in der Sekunde, bevor sie beide zu Boden stürzten, nahm Joey wie in Zeitlupe alles gestochen scharf wahr: das Meer von Kerzenflammen und schwarze Tücher, die den Lagerraum völlig verwandelten. Henrys Bild, das wie auf einem Altar hochkant aufgestellt war, umgeben von altmodischen Leuchtern mit schwarzen Kerzen. Und vor diesem Altar stand Simon in den schwarzen Klamotten, die er angeblich nicht mehr trug.

Das Mädchen brüllte wütend los, als Joey sich ohne Rücksicht auf Verluste aufrappelte und ihr dabei auf die Hand trat. Er hob das Teppichmesser auf und sprintete los.

Doch er hatte die Rechnung ohne das Bild gemacht. In die Versammlung kam Bewegung, Zischen wallte auf, als wäre er in ein Schlangennest getreten. Im nächsten Moment wurde er gepackt und zurückgezerrt. Jemand wand ihm das Teppichmesser grob aus der Hand. Er wehrte sich und trat um sich, ohne eine Chance, die Verteidigungslinie durchbrechen zu können. »*Aber das Bildnis ist stark!*«, hallten Tante Doris Worte in seinem Kopf. »*Es sucht sich Verbündete. Ich hatte kaum mit dem Messer ausgeholt, als ich schon hörte, wie meine Nachbarn mit Gewalt die Haustür aufbrachen ...*«

»Revertaris ...«, hörte er Simon feierlich sagen.

»Simon, nein!«, brüllte er.

Ein wüster Schlag gegen die Schulter ließ ihn zurücktaumeln. »Verschwinde!«, zischte ihm das Vampirmädchen zu. »Du hast hier nichts verloren.«

Zwischen den feindseligen Gesichtern, die ihm zugewandt waren, sah Joey, wie das Ding, das Henrys Züge trug, ihm über die Köpfe der Jugendlichen hinweg triumphierend zulächelte. Und vielleicht war es das, was seine Angst in einem Blitz aus Zorn verpuffen ließ. Er wirbelte herum und packte einen sechsarmigen Leuchter. Er war schwer, aber Joey riss ihn mit dem Mut der Verzweiflung hoch und schleuderte ihn über die Köpfe hinweg. Simon sagte gerade wieder das Wort, als der Leuchter wie ein Komet in Henrys Bild einschlug und es von der Halterung riss. Es fiel polternd auf den Altar, der schwere Goldrahmen traf Simon an der Schläfe, Kerzen kippten um, heißes Wachs fing Feuer und die Leinwand ging augenblicklich in Flammen auf. Joey hörte einen hallenden, schrillen Schrei, wie ein Echo aus einer anderen Zeit. Im selben Augenblick brach Panik aus. Der Feuerball ergriff die Tücher und die Kartons, die als Tische gedient hatten, alles kreischte und drängte zur Tür. Zwei Jungs hatten Simon in ihre Mitte genommen und schleppten ihn nach draußen. Er hatte eine fiese Schramme an der Stirn und wirkte so benommen wie ein eben erwachter Schlafwandler. In der Ferne heulten schon die Feuerwehrsirenen, als sie hustend und taumelnd den Zaun erreichten. Joey ließ sich neben seinem Bruder auf die Knie sacken. »Gehts dir gut?«

Simon blinzelte und befühlte irritiert seine Stirn. »Was ... ist passiert?«, fragte er mit einer Stimme, die vom Rauch ganz heiser war.

»Du warst im Bann von Henry«, stieß Joey hervor. »Beziehungsweise von dem, in was er sich verwandelt hat. Etwas Böses. Es wollte dich dazu bringen, ihn ins Leben zurück zu beschwören. Nur dass das deinen Tod bedeutet hätte. Er wollte dir deinen Körper stehlen, um selbst lebendig zu werden, das ist der Pakt mit dem Bösen. Dori hat das gerade noch rechtzeitig herausgefunden. Deshalb hatte sie damals auch versucht, das Bild zu zerstören.«

Simon schluckte und schaute zu dem alten Lagerschuppen. Im lodernden Feuer war dieser nur noch ein schwarzer Schattenriss. *Henrys Grab*, dachte Joey voller Erleichterung.

»Wow«, sagte Simon schließlich und stand auf. Konzentriert kämmte er sich mit den Fingern die Haare zu einer glatten Frisur mit Seitenscheitel. Seine Lippen kräuselten sich zu einem spöttischen Lächeln. Und als er leise sagte: »Gerade noch rechtzeitig, nicht wahr, Joseph?«, erkannte Joey in seinem Blick denselben kalten Glanz, der eben noch in Henrys Augen zu sehen gewesen war.

Elchtaufe

Stinas Vater warf sich in den steingrauen See, als wollte er das ganze Wasser auf einmal umfassen. Dann tauchte er in einem Strudel von Bläschen unter. Stina sah ihn wie einen großen, bleichen Fisch dicht unter der Wasseroberfläche dahingleiten. Wie immer, wenn er unter Wasser war, zählte Stina mit klopfendem Herzen bis sieben und noch einmal bis sieben, dann tauchte ihr Vater wieder auf, lachte und prustete. Weit holte er mit den Armen aus und pflügte durch den glatten Spiegel. Es war Ende August und ein erstaunlich warmer schwedischer Spätsommertag. Der Mälar-See glänzte dunkel und metallen. Wabernde Linien flossen aus Papas Händen und flohen vor ihm auf das Gewässer hinaus. Stina konnte noch die weißen Farbspritzer erkennen, die in seinem Haar festgetrocknet waren. Den ganzen Nachmittag hatten sie die Räume in ihrem neuen Haus gestrichen.

Überall roch es dort jetzt stechend nach frischer Farbe, und umso angenehmer war nun die frische Luft hier draußen, der Duft von Seewasser und nassem Kies.

»Komm rein, Stina!« Ihr Vater wedelte mit den Armen. »Keine Angst. Es ist überhaupt nicht kalt.«

Ohne ihre Antwort abzuwarten, warf er sich herum und schwamm noch weiter hinaus. Stina fröstelte, als das Wasser über ihre Zehen schwappte. Sie mochte kein helles Wasser, das hatte sie beim letzten Urlaub in Spanien festgestellt. Jetzt wusste sie, dass sie auch dunkles Wasser nicht leiden konnte.

Allmählich nahm die beginnende Dämmerung den Schleier vom Wasser. Es wurde ganz durchsichtig. Deutlich erkannte Stina die abfallende Kiesböschung und auch die Schatten unter der Oberfläche. Draußen waberte ein dunkler Fleck genau dort, wo ihr Vater gerade wieder auftauchte. »Stina!«, schrie er so laut, dass sie erschrak. »Hier ist alles voller Wasserpflanzen, richtig zottig sind die – wie im Urwald. Komm endlich rein!« Das klang bereits ungeduldig, doch Stina verschränkte die Arme und schüttelte den Kopf.

»Zu kalt«, rief sie. »Vielleicht morgen.«

Am Abend saßen sie alle auf der Terrasse. Stina und Felix aßen Schokoplätzchen. Felix schmierte sich mit seinen Babyfingern die Schokolade über das ganze Gesicht. Stina spielte mit ihm und zupfte vorsichtig die Krümel aus seinen hellen Locken. Stinas Vater hatte noch feuchtes Haar und trug seinen braunen warmen Bademantel.

»Morgen streichen wir die Fenster im Erdgeschoss«, sagte er. »Und nachher holen wir die Matratzen und machen uns im Wohnzimmer ein richtiges Räuberlager.«

Stinas Mutter lachte. »Ja, aber morgen früh packen wir als Erstes die Kisten aus und bauen die Betten auf. Dann habt ihr endlich eure Zimmer, Kinder.«

»Der See ist wunderbar«, sagte Stinas Vater und streckte sich. »Sobald wir unser Boot haben, fahren wir zu der kleinen Birkeninsel und machen ein Picknick, nicht wahr, Stina?«

Stina hatte den Mund voller Keks, also nickte sie und lächelte. Boote mochte sie, Boote verhinderten, dass sie schwimmen musste. Ihr Vater liebte Boote. Sie kaute und beobachtete ihn, während er von der Stelle mit dem zottigen Algenteppich erzählte, dem Wasser, der Abendstimmung, und plötzlich erschien er Stina viel jünger. Beinahe wie ein Junge, für einen kleinen Moment.

Mama wischte Felix' Gesicht mit einer Serviette sauber. »Warst du heute auch im Wasser, Stina?«, fragte sie etwas zu beiläufig.

Alle schauten sie an, Stina wurde ein wenig rot.

»Zu kalt«, murmelte sie und biss schnell wieder in den Keks.

»Morgen geht sie in den See«, bestimmte ihr Vater.

Ihre Mutter seufzte. »Lass sie doch, Ivar. Sie ist nicht am See aufgewachsen, so wie du. Sogar ich finde das dunkelgraue Wasser noch ein bisschen unheimlich.«

»Unheimlich?« Papa schnaubte unwillig und wischte sich mit dem Bademantelärmel über die Stirn. »Hör auf, der Kleinen auch noch Gründe zu liefern, so wasserscheu zu sein. Früher oder später muss sie schwimmen.«

»Gibts im Wald Elche?«, fragte Stina mit klopfendem Herzen.

Der Wald war das, was Stina am neuen Haus wirklich gefiel. Sie musste nur ein Stück durch die Wohnsiedlung gehen, bis zum Ende der Straße, dann durch ein Gatter, und schon war sie da. Es gab Farne, die waren viel größer als sie selbst. Im Unterholz knackte es, doch an manchen

Stellen war es so still, dass die Sonnenstrahlen, die durch die Blätter fielen und in denen der Staub tanzte, leicht zu zirpen und zu klingen schienen. Es gab Beeren, überall. Stina pflückte und sammelte, und dabei stieß sie auf bemooste Steine und bewachsene Stämme, die wie Gesichter aussahen. Tiefer im Unterholz wurde es dunkler und stiller. Ihr Vater hatte gesagt, dass es dort Elche gab. Stina durfte nur so tief in den Wald gehen, dass sie das rote Holzhaus der Nachbarsfamilie noch sehen konnte. Mehrere Familien aus ihrer Straße hatten Stofffetzen an den Bäumen angebracht, damit die Kinder sich nicht verliefen und wieder heimfanden. Solange die Fetzen zu sehen waren, befand man sich auf sicherem Gebiet.

Nächste Woche, wenn Papa wieder morgens nach Stockholm zur Arbeit fahren würde, wollte er Stina ein Gerät mitbringen, wie Spione und Geheimagenten es trugen. »Das steckst du dir an die Jacke«, hatte er ihr erklärt. »Und wenn du verloren gehst, dann drückst du auf einen Knopf, setzt dich hin und wartest. Wir hören das Funksignal und holen dich.«

Stina war aufgeregt, wenn sie daran dachte. Sven, der am Ende der Straße wohnte, hatte bereits ein solches Gerät. Er gab damit an und erzählte herum, wie er im vorigen

Sommer ganz tief in den Wald vorgedrungen war. Stina fand Sven blöd. Er erzählte pausenlos von seinen Heldentaten und Abenteuern, die eindeutig erfunden waren. Stina hörte kaum hin, während sie gemeinsam Beeren sammelten. Sie hielt Ausschau, aber einen Elch sah sie nicht.

Am Freitag war das Haus fertig gestrichen. Am Wochenende ging Stina nicht in den Wald und ihr Vater nicht zum See. Sie aßen mit den Nachbarn aus dem Nebenhaus gekochte Krebse auf der Terrasse. Die Nachbarn waren ziemlich alt, fand Stina. Der Mann trug eine Brille und hatte eine Glatze. Seine Frau hatte graublondes Haar und ein rotes, glänzendes Gesicht. Sie lachte laut und war begeisterte Gärtnerin. »Du willst wirklich Flieder pflanzen, Majken?«, sagte sie zu Stinas Mutter. »Ich habe es auch versucht, aber bei uns ist es zu windig. Aber ihr habt hier ja so ein schönes, windgeschütztes Eckchen.«

Sie nahm Felix auf den Arm und hätschelte ihn. Stina beachtete das Ehepaar nicht so sehr. Als es dämmerte, stand sie auf und ging um das Haus. Dann beschloss sie, sie könnte noch die Straße hinuntergehen. Und als sie am Ende der Straße war, ging sie einfach weiter – bis zum

Ufer des Sees. Das Gewässer war undurchdringlich und glitzerte wie Alufolie. Stina schauderte. Ich muss schwimmen, dachte sie. In diesem Sommer muss ich schwimmen. Sie setzte sich an den schwarzen Kiesstrand und blickte hinaus. Weit draußen war die kleine Insel. Rechts davon erstreckte sich eine Bucht, die an den Wald grenzte. Als Stina ein Knacken hörte, machte ihr Herz einen erschrockenen Satz. Das Knacken wurde lauter – dann trat er aus dem Wald. An seinen riesigen Geweihschaufeln hingen abgerissene Zweige und Flechten. Seine Beine waren wie die zottigen, überwachsenen Stämme, die Stina im Wald befühlt hatte. Selbst auf die Entfernung sah sie, dass der Elch mindestens doppelt so hoch war wie sie. Sie hielt den Atem an. Der Kies knirschte unter den Schritten des riesigen Tiers. Der Elch trat bis ans Wasser, wandte den Kopf in Stinas Richtung, glotzte, zuckte mit dem Ohr, dann senkte er den Kopf und machte einen ersten Schritt in den See. Stinas Mund war trocken, doch sie wagte nicht zu schlucken. Es war noch dämmriger geworden und sie konnte das Spiegelbild des Elchs nicht in der Wasserfläche sehen. Für wenige magische Augenblicke zwischen Sonnenuntergang und Nachteinbruch wurde der See wieder durchsichtig wie rauchiges Glas. Sie sah, wie der Elch einen Fuß nach dem anderen aufsetzte, bevor er sich – ganz ähnlich wie ihr Vater – in die Fluten gleiten ließ, eine gewaltige Bugwelle vor seiner breiten Brust herschiebend. Der Elch schwamm! Seine Schaufeln ragten über das Wasser, wie ein Wikingerschiff sah der Kopf aus. Er schwamm einen Bogen, hin zum zottigen Wasserpflanzenteppich, und drehte sich im Wasser langsam um. Dann verschwand der Kopf! Stina schrie auf und holte endlich, endlich Luft. Der Elch ertrank! Doch in diesem Moment tauchte der Kopf wieder auf. Das Tier schwamm zurück zum Kiesstrand, schüttelte sich und verschwand im Wald. Stina starrte ihm mit offenem Mund nach. Sie blickte auf das Wasser, auf dem immer noch Ringe wanderten. Und hin zum dunklen Fleck, wo die Pflanzen wuchsen. Er war jetzt gut sichtbar. Doch war der Fleck bei Papas Schwimmausflug nicht an einer anderen Stelle gewesen? Weiter links? Aber vielleicht lag es daran, dass Stina heute selbst viel weiter links stand.

Mit glühenden Wangen kam sie auf der Terrasse an. Hier waren alle schon bei der zweiten Portion gekochter Krebse, die Schnapsflasche machte die Runde. Die blonde Nachbarsfrau kicherte.

»Ich habe einen Elch gesehen«, platzte Stina einfach heraus. »Im See! Er ist geschwommen und getaucht.«

»Am See warst du also?« Ihr Vater lächelte.

Stina nickte. »Der Elch ist unter Wasser verschwunden. Ich dachte, er ertrinkt.«

Ihr Vater strich ihr das wirre Haar aus der Stirn. »Ja, sie können tauchen, aber sie tun es nur, wenn sie sich ganz sicher fühlen. Morgen gehen wir zusammen zum Ufer. Vielleicht sehen wir den Elch noch einmal.«

»Auf den See und seine Geheimnisse!«, rief der Nachbar und hob sein Glas. Seine Frau hörte schlagartig auf zu lachen und warf ihm einen tadelnden Blick zu. Stinas Eltern schienen das gar nicht zu bemerken.

»Am Wochenende wollen wir auf der kleinen Birkeninsel picknicken«, sagte Mama. »Kommt doch mit!«

Irrte sich Stina oder wurde die blonde Nachbarin plötzlich blass? Ihre Blicke flogen gehetzt zwischen ihrem Mann und Stinas Mutter hin und her.

»Wir fahren nicht auf die Insel«, erklärte der Nachbar.

»Warum nicht?«, rutschte es Stina heraus.

»Wir haben unser Boot verkauft«, erwiderte der Mann und knackte eine Krebsschale. »Wir schauen uns den See gerne an. Aber nach der Sache mit unserem Feriengast ...«

»Was für eine Sache?«, fragte Mama.

Die Nachbarin zupfte an dem weißen Krebsfleisch.

Stina fand, sie sah aus wie eine Krabbe, die Fetzchen für Fetzchen aus dem Fleisch zog.

»Wir hatten letztes Jahr einen Gast aus Deutschland hier. Der Mann lieh sich unser Boot aus. Er kam an dem Abend nicht zurück und am Tag darauf trieb das leere Boot vor der Insel.«

»Das ist ja schrecklich«, flüsterte Stinas Mutter. Felix war auf ihrem Schoß eingeschlafen. Sie drückte ihn an sich, stand auf und trug ihn in sein Zimmer. Stina bemerkte, dass ihre Mutter leicht schwankte.

»Also ist der Tourist ertrunken«, stellte Stinas Vater nüchtern fest.

»Vielleicht«, antwortete der Nachbar. Er nahm eine Serviette und tupfte sich den Schweiß von der Glatze. »Seine Leiche wurde nie gefunden.«

Die Nachbarin knackte die nächste Schale, in der betretenen Stille ein Geräusch wie ein Knall.

»Na, jedenfalls«, schloss ihr Mann, »haben wir das Boot danach verkauft.«

»Seid ihr schon mal auf die Insel geschwommen?« fragte Stina leise.

Die beiden blickten sie an, mit müden Augen, kein Lächeln auf ihren Gesichtern.

»Na ja«, sagte die Nachbarin gedehnt. »Weißt du, wir ... schwimmen auch nicht.«
»Was?« Stinas Vater schlug mit der flachen Hand auf den Tisch. »Das ist eine Schande bei diesem wunderbaren See!«

Die Nachbarn wechselten wieder einen schnellen Blick. »Mag sein«, sagte die Frau und lachte ein entschuldigendes kleines Lachen. »Aber die Sache ist die: Wir können gar nicht schwimmen.«

»Klar weiß ich, was mit dem Touristen passiert ist«, sagte Sven mit wichtiger Miene. Stina und er streiften gemeinsam durch den Wald. »Im See lebt ein Monster. Das hat den Mann vom Boot geholt und ihn gefressen.«

»Was?« Stina blieb stehen.

»Ja!«, beteuerte Sven. »Das Monster schläft am Grund des Sees. Nur im August wacht es auf und geht auf die Jagd. Es frisst sich voll für den Winter, wie ein Bär, der Winterschlaf hält, weißt du? Und am liebsten mag es Menschenfleisch. Nur wenn es im See welches findet, bleibt es im Wasser und kriecht nicht ans Ufer, um dort zu suchen.« Sven setzte sich auf einen Baumstumpf und hantierte betont lässig an seinem Ortungsgerät herum.

»Meine Eltern sagen zwar, das ist alles nur Aberglaube«, setzte er hinzu. »Sie glauben, der Tourist ist zu weit rausgeschwommen und wurde von unterirdischen Strömungen in die Tiefe gezogen. Wegen der Strömungen darf ich auch nicht schwimmen gehen. Und meine Eltern waren auch noch nie im See.«

»Warum? Können sie nicht schwimmen?«, fragte Stina.

»Doch, im Hallenbad. Aber meine Mutter hat angeblich Angst vor tiefem Wasser. Und mein Vater kann Krämpfe kriegen. E-pi-lep-sie!«

Strömungen in einem See?, dachte Stina bei sich. *Gibt es die nicht nur im Meer?*

»Hast du schon einmal etwas Komisches im See gesehen?«, fragte sie.

Svens Augen blitzten auf. »Ich nicht, aber ein Bekannter meines Cousins«, behauptete er geheimnisvoll.

»Wirklich?«, rief Stina.

Sven nickte mit wichtiger Miene. »Er hat vor ein paar Jahren mal am See gezeltet. Und als er morgens aufwachte, sah er ein glitschiges Ding, das aus dem Wasser auf eine der Inseln gekrochen ist. Er sagt, es hatte schuppige Flossen, aber auch Arme mit langen Krallen und Schwimmhäuten. Und ein grässliches Gesicht, das an einen Hai und an einen

Wolf gleichzeitig erinnert hat. So!« Er machte eine Grimasse und sprang mit zu Klauen gekrümmten Händen auf Stina los. Und natürlich lachte er, als Stina im ersten Schreck aufschrie und zurücksprang.

»Buh!«, höhnte er. »Feiges Fleisch frisst das Monster besonders gerne!«

»Blödmann«, murmelte Stina mit rotem Kopf. Sie hätte es wissen müssen. Sven war ein Angeber. Und sie ärgerte sich, dass sie wieder einmal auf ihn reingefallen war. *Lügenmärchen,* dachte sie. *Alles nur Svens Lügenmärchen.*

Sie hatte ihren Vater mehrmals an den See begleitet. Zweimal kam ihre Mutter mit, ging mit Gänsehaut ins Wasser und schwamm ebenfalls eine Runde. Stina saß mit Felix am Ufer und baute mit ihm Kiesberge. Einmal blickte sie zum Haus der älteren Nachbarn und sah die beiden am Fenster stehen. Stinas Mutter winkte aus dem Wasser, die blonde Nachbarin hob eine schlaffe Hand und winkte zurück, bevor sie vom Fenster verschwand. Immer wieder stand Stina am Ufer und kämpfte mit sich. Doch sie schaffte es nie, ins Wasser zu gehen, obwohl ihr Vater sie drängte und immer ungeduldiger wurde. »Lass sie!«, sagte

ihre Mutter an einem dieser Abende. Doch Stina wusste, dass ihr Vater maßlos enttäuscht war. Als sie noch alle gemeinsam im Garten saßen, sprach er nicht viel mit ihr.

»Nimm es ihm nicht übel«, sagte ihre Mutter und zauste ihr liebevoll das Haar. »Er denkt, nur weil er selbst so gerne schwimmt, müssen es alle tun. Aber das musst du nicht, Stina.«

Stina nickte zwar, aber Mamas Worte halfen kein bisschen. In der folgenden Nacht schlief sie schlecht und träumte davon, dass ihr Vater sich enttäuscht von ihr abwandte und davonschwamm, ohne sich noch einmal nach ihr umzusehen.

Am Morgen weckte sie ein Türenklappen. Sie kroch aus dem Bett und spähte aus dem Fenster. Ihr Vater ging im Bademantel mit einem Handtuch über der Schulter hinunter zum See. *Heute,* beschloss Stina.

Rasch schlüpfte sie in ihren Badeanzug und folgte ihm in die Sommermorgenluft hinaus. Als sie am See ankam, war ihr Vater längst im Wasser, er holte weit aus und kraulte zur Insel. Den Pflanzenteppich hatte er bereits überquert. Sein Kopf sah aus wie ein kleiner Ball, v-förmige Streifen jagten einander über das Wasser. Stinas Herz schlug bis zum Hals. Einige Male lief sie am Ufer entlang, rechts, links. Das Wasser schwappte in kleinen Wellen, leckte nach ihren Zehen. Noch war es durchsichtig, die Sonne war noch nicht aufgegangen.

Aber auch heute schaffte Stina es nur bis zu den Knöcheln ins Wasser. Gerade wollte sie fröstelnd aufgeben und zurückspringen, als sie das Knacken hörte.

Es war der Elch! Genau wie beim ersten Mal trat er aus dem Wald, zuckte mit seinem riesigen Ohr. Stina hielt den Atem an. Der Elch senkte sein samtiges Maul ins Wasser und watete so ruhig in die rauchgrauen Fluten, als wollte er Stina Mut machen. *Wenn der Elch taucht,* dachte sie, *gehe ich rein.* Der Elch schwamm seine Runde, die Nase über dem Wasser. Stinas Vater war jetzt ganz klein. Gleich würde er die Insel erreicht haben. Er würde zum Ufer blicken und eine winzige Stina sehen. Und dazwischen einen Elchkopf im Wasser. Das Tier war nun genau über dem dunklen Fleck mit den Wasserpflanzen. Aber war dieser Fleck vor ein paar Minuten nicht viel weiter draußen gewesen? Genau sah Stina es nicht mehr, die aufgehende Sonne verwandelte das glasklare Wasser bereits wieder in eine glänzende graue Oberfläche.

Der Elch tauchte unter. So schnell, dass Stina erschrocken ans Ufer zurücksprang. Sie wartete und zählte ihre

Herzschläge, genau so, wie sie es machte, wenn ihr Vater tauchte. *Sechs ... sieben.* Dann fing sie wieder von vorne an. Aber auch nach der zweiten Sieben tauchte der Elch nicht auf. Nur ein kleiner Schwall von Luftblasen zeigte sich, ein paar Wellen schwappten, dann beruhigte sich das Wasser endgültig.

»Hey, Stina!« Ihr Vater hatte die Insel erreicht und winkte, eine winzige Gestalt neben einer struppigen Birke. Wie ein Klageruf hallte die Stimme durch die Stille. Doch Stina konnte nicht antworten. Stina starrte auf die kleinen Wellenzungen, die am Uferrand ausliefen. Sie färbten sich rosa, dann, mit jedem kleinen Wellenschlag, röter und röter.

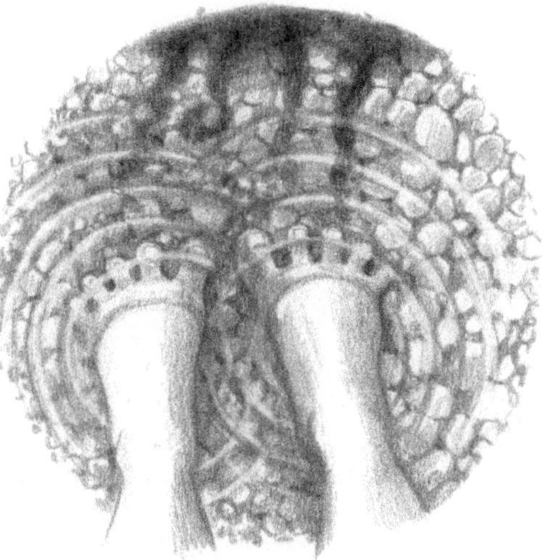

Das Mädchen im Spiegel

Camille sah das Kind zum ersten Mal in dem neuen Spiegel mit dem Silberrahmen. Sie erschrak so sehr, dass sie einen Schrei ausstieß und einen Riesensatz zur Seite machte. Aber in ihrem Zimmer war niemand außer ihr. Nur das Bett, der Kleiderschrank und einige noch nicht ausgepackte Kisten standen darin. Doch im Spiegel war immer noch das Kind. Es war ein kleines Mädchen, höchstens fünf Jahre alt. Es hatte honigbraune Locken und im Arm hielt es einen gelben Teddy, den es erschrocken an sich drückte, während es Camille mit großen Augen anstarrte. Camille war ganz zittrig, aber es gelang ihr immerhin, einen Satz herauszubringen. »Wer ... wer bist du?«

Die Augen des Mädchens wurden noch größer, es stolperte einen Schritt zurück und umklammerte den Teddy so fest, als wollte es das Stofftier erwürgen. »Wer bist du?«, kiekste es.

Camille schluckte. Irgendwie machte es die Sache einfacher, dass die Kleine offenbar noch viel mehr Angst hatte als sie. Und da Camille hier eindeutig die Ältere war, musste sie wohl die Sache in die Hand nehmen.

»Ich heiße Camille. Ich habe in Paris gewohnt, aber vor Kurzem sind wir aufs Land umgezogen und jetzt wohne ich hier.«

Der Mund des Mädchens klappte auf, dabei zeigte sich dort, wo ein Milchzahn fehlte, eine Zahnlücke. »Nein, ich wohne hier!«, rief es empört aus. »Das ist mein Zimmer! War es schon immer. Also geh weg!«

Eine Weile starrten sie einander nur an, dann nahm Camille ihren ganzen Mut zusammen und sagte: »Du … kannst gar nicht schon immer hier gewohnt haben. Bevor meine Eltern das Haus gekauft haben, stand es fast zwanzig Jahre leer. Da warst du doch noch nicht mal auf der Welt.«

Die Kleine stieß einen empörten Schrei aus. Und dann war sie einfach verschwunden, als hätte Camille sie fortgeblinzelt. Im Spiegel sah sie nur noch sich selbst, ein Mädchen mit schwarzem Haar und Sommersprossen, die auf ihrer bleichen Haut plötzlich regelrecht zu glühen schienen. Schneller war sie noch nie aus ihrem Zimmer gerannt, hinter ihr fiel die Tür im Schwung so laut zu, dass es im ganzen Haus widerhallte.

»Hey! Gehts noch?«, kam es mahnend aus dem Badezimmer im ersten Stock. Die Dusche rauschte dort, aber offenbar nicht laut genug, um das Türenknallen zu übertönen.

»'tschuldigung, Mama!«, schrie Camille. Ziemlich verstört stand sie im Flur, während oben das Wasser lief und aus dem Zimmer ihres großen Bruders am Ende des Gangs Musik wummerte. Aber Laurent würde sie bestimmt nicht erzählen, wem sie gerade begegnet war. Er würde ihr nicht glauben und sich wochenlang über sie lustig machen. Doch es gab jemanden, der Feuer und Flamme für Geistergeschichten war und dem sie alles anvertrauen konnte.

»Alice?«, flüsterte sie aufgeregt ins Telefon. »Ich glaube, ich habe gerade ein Gespenst gesehen!«

»Was?«, gellte es im Hörer. Camille kauerte sich neben das Telefonregal im Flur auf den Boden und sprudelte die ganze Geschichte hervor. Danach war es eine Weile still, bis ihre beste Freundin schließlich wisperte: »Wuah, ich hab jetzt echt Gänsehaut! Glaubst du, das Mädchen ist ein böser Geist?«

Daran hatte Camille natürlich auch schon gedacht. Aber hatten böse Geister Zahnlücken und klammerten sich ängstlich an ihren Teddy?

An diesem Tag schlich Camille nur auf Zehenspitzen an den beiden Spiegeln in den Fluren und dem Garderobenspiegel neben der Haustür vorbei. Einmal fühlte sie ein Kribbeln im Nacken, als würde jemand sie beobachten, doch als sie herumfuhr, sah sie nur ihr eigenes Spiegelbild im frostüberhauchten Glas der Terrassentür. Abends verhängte sie den Spiegel in ihrem Zimmer mit einem Bettlaken und ließ das kleine Licht brennen. Mitten in der Nacht hörte sie schwere Schritte über sich, aber das war nur ihr Vater, der in seinem Arbeitszimmer auf und ab ging. In der großen Wohnung in Paris hatte sie ihn bei seinen nächtlichen Tigergängen nie gehört, aber dieses Haus war uralt. Bei jedem Schritt knarrten die hölzernen Dielen.

Als Camille nach einer Ewigkeit in den Schlaf hinüberdämmerte, war sie fast schon überzeugt, dass sie sich die Erscheinung wohl doch nur eingebildet hatte. Aber mitten in der Nacht schreckte sie hoch, in der Kehle einen erstickten Schrei. Sie wusste nur noch, dass sie etwas Schreckliches geträumt hatte. Die Zahl Sieben hallte noch in ihren Gedanken nach, aber sie wusste nicht mehr, was sie im Traum bedeutet hatte. Alle Traumbilder waren wie weggeweht, stattdessen hörte sie ein leises Weinen. Camille zog die Bettdecke bis ans Kinn. »Ha... hallo?«, flüsterte sie. »Bist du das?«

Das Weinen hörte schlagartig auf. Und nach einer Weile antwortete eine ängstliche kleine Stimme: »Du sollst doch weggehen!«

Camille schaute sich im Zimmer um, aber natürlich war es leer. Sie schluckte, schlüpfte mit weichen Knien aus dem Bett und zupfte am Zipfel des Lakens, das den Spiegel verhüllte. Mit einem sanften Flüstern fiel es zu Boden.

»Wo bist du?«, fragte Camille leise.

Ein unglückliches Schniefen erklang, dann sagte das dünne Stimmchen vorwurfsvoll: »Na, in meinem Bett.«

Camille spähte genauer in den Spiegel und hätte fast noch einmal aufgeschrien. Hinter ihr, in ihrem Bett, lag das Mädchen. Es hielt den Teddy wieder im Würgegriff und starrte sie aus großen Augen an. Camille schaute über die Schulter. Aber dort, wo das Mädchen liegen müsste, spannte sich nur die Bettdecke, genauso, wie ihre Mutter sie abends straff gezogen und unter die Matratze gestopft hatte, damit sie Camille wie in einer festen, sicheren Umarmung umfing. Nur an der Stelle, wo Camille gelegen hatte, beulte sich die Decke über einer Liegekuhle, die sicher noch warm von ihrem Körper war. Nur, dass dort nun jemand anderes lag. Jemand, der nur im Spiegel sichtbar war.

»Du bist gemein«, sagte die Kleine weinerlich. »Ich kann nicht einschlafen, wenn du mir mitten in der Nacht ins Ohr schreist.«

»Entschuldige«, rutschte es Camille heraus. »Ich ... äh ... habe irgendetwas Schlimmes geträumt.«

Die Kleine musterte sie misstrauisch. Aber dann überraschte sie Camille, indem sie sich im Bett aufsetzte und wisperte: »Ich träume auch oft schlimme Sachen, weißt du?«

»Wirklich?«, fragte Camille. »Wovon denn?«

Das Spiegelmädchen vergrub sein Kinn zwischen den Ohren des Teddys. »Von dem bösen Mann«, murmelte es in das lockige Plüschfell. »Er hat schwarze Hände. Und er ... kriecht hinter mir her.«

Camille schluckte. »Du meinst so etwas wie ein Monster?«

Die Kleine nickte heftig und sah sich ängstlich um, als würde sie befürchten, dass jemand lauschen könnte. »Er ist groß und dünn und ganz schwarz«, flüsterte sie. »Er holt sich ungehorsame Kinder, die abends zu lange draußen sind. Und wenn er eines fängt, ist es tot.«

Eben hatte sich Camille gefürchtet, aber bei dieser Beschreibung stutzte sie. »Du meinst wohl den *Croque-mitaine*?«, fragte sie. Dieses Schreckgespenst kannten alle französischen Kinder. Auch Camilles Oma hatte früher behauptet, dass diese finstere Schattengestalt Camille holen würde, wenn sie nicht ins Bett gehen wollte.

»Der *Croque-mitaine* ist nur ein Märchen«, beruhigte Camille die Kleine. »Du musst keine Angst vor ihm haben. In Wirklichkeit gibt es ihn nämlich gar nicht.«

Genauso wenig wie Gespenster!, schoss es ihr durch den Kopf.

»Natürlich gibt es ihn!«, beharrte die Kleine. »Er wohnt auf dem Dachboden. Ich höre oft, wie er da oben herumläuft. Aber manchmal kommt er auch die Treppe runter und versteckt sich hinter den Türen. Und wenn er dich erwischt, dann fällst du hin und danach ist dein Hals ganz komisch verdreht und hinter den Ohren stehen die Knochen raus.«

Camille sah mit Unbehagen zum dunklen Türspalt.

»Herr Löckchen möchte schlafen«, fuhr das Kind gequält fort. »Aber er hat Angst vor dem bösen Mann.«

»Dein Teddy heißt Herr Löckchen?«

Die Kleine nickte schüchtern.

»Und wie heißt du?«, fragte Camille vorsichtig weiter.

Das Mädchen blinzelte bereits vor Müdigkeit. »Ich heiße Lucie. Nächstes Jahr komme ich schon in die Schule, weißt du?«

Die Geisterschule?, dachte Camille bei sich. Denn eines war klar: Dieses kleine Mädchen wusste tatsächlich nicht, dass es ein Gespenst war und im Spiegel wohnte. Und das hieß, irgendwann war es gestorben.

»Bist du traurig?«, fragte die Kleine besorgt.

»Ein bisschen«, gab Camille zu.

»Wenn du willst, kannst du dich ja an mein Bett setzen«, sagte Lucie. »Aber nur ganz kurz!«

Camille ging auf ihr leeres Bett zu. Dabei versuchte sie, nicht zu der Dunkelheit hinter der halb offenen Tür zu schauen. Am Rand ihrer eigenen Schlafkuhle setzte sie sich und blickte wieder in den Spiegel. Dort waren sie wieder zu zweit, ein kleines und ein deutlich älteres Mädchen. »Soll ich dir eine Geschichte erzählen?«, schlug Camille vor. »Vielleicht kannst du dann einschlafen.«

Lucie runzelte misstrauisch die Stirn. »Aber keine gruselige Gespenstergeschichte!«

Camille verkniff sich ein Lächeln. »Nein, ich erzähle dir, wie meine beste Freundin und ich mal heimlich Überraschungsplätzchen backen wollten.«

Sie musste nichts erfinden, sondern sich nur daran erinnern, wie Alice und sie vor Jahren versucht hatten, Plätzchen aus Knetmasse, Mehl und Orangensaft zu formen. »Am Ende sah die Küche aus, als hätte es Mehl geschneit und Saft geregnet«, schloss sie die Erzählung. »Wir waren über und über mit Mehl bedeckt. Unsere Mütter haben sich fürchterlich aufgeregt, aber mein Vater lachte und nannte uns von da an nur noch Mehlina und Schneeweißchen.«

»Schneeweißchen«, murmelte Lucie und lächelte schon halb im Traum. Sie kuschelte sich tiefer in die Kissen, schlief ein – und löste sich einfach auf. Im Spiegel blieb nur Camille zurück. Mit eiskalten Füßen kroch sie unter die kühle Bettdecke. Aber sie legte sich nicht mehr an dieselbe Stelle des Bettes, sondern rutschte auf die andere Seite.

Die Weihnachtsferien hatten gerade erst angefangen und Camille fühlte sich einsam. Ihre Eltern fuhren tagsüber oft in die Stadt und abends arbeitete ihr Vater bis spät in die

Nacht und durfte nicht gestört werden. In den ersten Tagen im neuen Haus hatte Camille heimlich geweint, weil Alice ihr so schrecklich fehlte. Laurent war auch keine Hilfe. Er verschanzte sich in seinem Zimmer und hörte zu laut Musik. Sie hatte ihn nicht gefragt, aber sie war sicher, dass auch er diese neue Gegend hasste, in der man nur selten Autos und dafür viel fernes Hundegebell hörte. Von den Nachbarn, die auf der anderen Seite des Waldstücks wohnten, hatte sich noch niemand bis zu ihnen durch den tiefen Schnee gewagt, und in die neue Schule, die weit entfernt lag, würde Camille erst nach den Ferien gehen.

Doch seit Lucie da war, fühlte sie sich nicht mehr ganz so verloren und fürchtete sich auch nachts nicht mehr. Denn sobald sie aus einem namenlosen Traum hochschreckte, an den sie sich nie erinnern konnte, blickten Lucie und sie einander im Spiegel an – zwei müde Mädchen mit tiefen Schatten unter den Augen, jede auf ihrer Bettseite.

In jeder dieser Nächte erzählte Camille Lucie eine neue Geschichte von Alice und sich. Ein wenig war es so, als würde auch ihre eigene Dunkelheit damit heller, als könnte sie mit ihren Worten die Zeit in Paris wieder zurückholen. Und ein bisschen fühlte es sich so an, als wäre ihre beste Freundin wieder bei ihr.

»Glaubst du, Lucie ist irgendwo runtergestürzt und dabei gestorben?«, fragte sie Alice am Telefon. »Ich meine, diese Geschichte mit dem verdrehten Hals und den Knochen, das ist doch keine Kindergeschichte.«

»Hm, meinst du?«, überlegte Alice.

»Na klar! Sie träumt jede Nacht von dem Mann mit den schwarzen Händen. Er verfolgt sie über die Treppen, aber kurz bevor sie den Dachboden erreicht, wacht sie jedes Mal auf.« Camille sah sich um und legte die Hand wie eine Muschel über den Hörer. »Ich glaube, dass er sie da oben ermordet hat«, wisperte sie so leise, dass es nur Alice hören konnte. »Vielleicht sollte ich sie fragen, ob der Mann schwarze Handschuhe trug ...«

»Das fragst du auf gar keinen Fall!«, unterbrach Alice sie erstaunlich heftig. »In meinem Buch über Geisterjäger steht es: Die Geister von Menschen, die gewaltsam aus dem Leben gerissen wurden, haben so etwas wie eine Schock-Amnesie und finden keine Ruhe. Man darf sie nicht ausfragen oder ihnen erzählen, dass sie tot sind. Sonst erschrecken sie und dann kann es sein, dass sie sich zwischen den Welten verirren und nie wieder erlöst werden können!«

Wenn Alice das sagte, dann stimmte es. Niemand kannte sich besser mit Geistern aus. Camille dachte wehmütig daran, wie ihre Freundin auf jeder Pyjama-Party um Mitternacht das Licht löschte, sich eine Taschenlampe ans Kinn hielt und mit Grabesstimme und leuchtenden Augen Horrorstorys erzählte. Es war eine schöne Erinnerung an durchkicherte Nächte voll wohliger Gänsehaut.

»Wer weiß, vielleicht spukt die arme Kleine schon seit zwanzig Jahren oder länger im Haus herum«, fuhr Alice aufgeregt fort. »Geister mit Amnesie haben nämlich auch kein Zeitgefühl mehr, sie wissen nicht, ob Jahre oder Jahrzehnte vergangen sind. Sie sehen nur das, was sie sehen wollen, und reimen sich alles so zusammen, wie es ihnen passt. Kein Wunder, dass Lucie dich angemotzt hat, weil sie glaubt, dein Zimmer sei ihres.«

»Und was soll ich jetzt machen?«, flüsterte Camille. »Für immer und ewig mit einem Hausgespenst in einem Bett schlafen?«

»Du musst sie auf den Dachboden locken«, antwortete Alice ernst. »Nur wenn die Geister Ermordeter an den Ort des Verbrechens zurückkehren, erinnern sie sich schlagartig an alles und der Bann ist gebrochen. Dann können sie endlich auf die andere Seite gehen und Frieden finden.«

Camille fröstelte. »Aber ... Lucie fürchtet sich vor dem

Dachboden.« *Und dort oben wohnt der Croque-mitaine,* fügte sie nur in Gedanken hinzu.

»Na, dann überliste sie!«, rief Alice. »Stell den Spiegel aus deinem Zimmer dort oben auf und rufe sie.«

»Hm, das ... könnte man mal versuchen«, murmelte Camille. Aber zum ersten Mal sagte sie Alice nicht alles, was sie dachte: dass sie gar nicht sicher war, ob sie wirklich wollte, dass Lucie für immer verschwand und sie zurückließ – einsam und verlassen in einem zu großen Haus, mit einer besten Freundin, die nur noch eine Stimme am Telefon war.

Am anderen Ende der Leitung seufzte Alice tief auf. »Oh Mann, es ist so blöd, dass du weggegangen bist«, sagte sie traurig. »Ohne dich ist es hier so einsam und langweilig. Fehle ich dir wenigstens ein bisschen?«

Camille konnte nicht antworten, sonst hätte sie garantiert wieder losgeheult. Also nickte sie, obwohl ihre Freundin das natürlich nicht sehen konnte.

Es hatte so heftig geschneit, dass im Fernsehen nur noch Katastrophenberichte gesendet wurden. In Paris herrschte Schneechaos und ständig gab es Unfälle auf den vereisten

Straßen. Doch hier draußen auf dem Land war es flockenstill und auch im Haus schien jedes Geräusch von Watte umhüllt zu sein. An den Fensterscheiben blühten bizarre Gärten von Frostblumen und ließen die Welt hinter einem Schleier verschwinden. Aber inzwischen fühlte Camille sich nicht mehr allein. Lucie tauchte nämlich immer öfter auch tagsüber auf. Dann saßen sie jede auf ihrer Seite des Spiegels auf dem Boden und malten stundenlang bunte Sommerbilder. Das heißt: Nur Camilles Bilder waren bunt. Meistens malte sie den kleinen Park in Paris, in dem Alice und sie schon als Kinder am liebsten gespielt hatten. Sie zeichnete Alice auf einer Schaukel, in ihrem roten Kleid und mit wehendem blonden Haar.

Auf Lucies Bildern schwappten dagegen nur Albträume auf das Papier wie schwarze Wasserfarbe. Voller Unbehagen schielte Camille zu dem Bild, das gerade entstand. Es war wieder einmal ein Gekritzel aus schwarzen und grauen Strichen, die ein schiefes Dreieck bildeten. Aus dem Zentrum schälte sich eine spinnenartige Gestalt mit langen Armen und Fingern wie Gabelzinken heraus. Bisher war das Schreckgespenst auf Lucies Bildern stets nur eine schattenhafte Andeutung gewesen, aber heute trug es sogar einen Hut mit breiter Krempe, unter der zwei bösartige

blasse Augen hervorfunkelten. *Der Raum soll der Dachboden sein,* erkannte Camille voller Unbehagen. *Das Dreieck stellt die schrägen Giebelwände dar.*

Mit entschlossenen Strichen malte Lucie nun eine weitere Gestalt im Vordergrund: ein winziges, schiefes Strichmännchen mit langen Haaren.

»Soll das ein Mädchen sein?«, fragte Camille.

Lucie nickte, ohne den Stift abzusetzen, den Blick starr auf das Papier gerichtet. Konzentriert zog sie um den Hals der Figur einen unregelmäßigen Kringel.

»Frag sie bloß nicht aus!«, hörte Camille Alice in Gedanken warnend sagen.

Aber Camille konnte ihre Neugier nicht bezähmen. »Was hat das Mädchen um den Hals, Lucie?«, fragte sie möglichst beiläufig. »Eine ... Kette?«

Die Mine des Stifts brach ab, Lucie prallte zurück und starrte so entsetzt auf ihr Bild, als sei sie eben aus einem Albtraum erwacht. Dann sprang sie mit einem Keuchen auf. Camilles Finger stießen an kaltes Glas, als sie unwillkürlich die Hände nach Lucie ausstreckte. »Es ... es tut mir leid«, stotterte sie. »Ich wollte dich nicht erschrecken ...«

Erst jetzt bemerkte sie, dass das Gespenst gar nicht sie anschaute. Der panische Blick war über Camilles linke

Schulter gerichtet, als würde die Kleine dort etwas Furchtbares sehen.

Camille schoss hoch und wirbelte herum. Doch hinter ihr war gar nichts. Die Tür stand wie immer halb offen und sie hörte, wie ihre Mutter draußen mit den Haustürschlüsseln klapperte und genervt etwas von »... schon wieder Schneeschippen« sagte.

»Lucie?«, flüsterte Camille. Aber als sie sich wieder zum Spiegel umdrehte, war Lucie fort. Camille hob den Blick und musste die Hände vor den Mund schlagen, um nicht aufzuschreien. Im Spiegel sah sie es nun auch: Eine schwarze Hand, spinnendürr mit langen Fingern, lag auf dem Holz der halb offenen Tür. Lautlos, aber nicht besonders eilig glitten die Finger von der Tür und verschmolzen mit dem Dunkel des Türspalts.

»Spinnst du, sie auszufragen?«, schimpfte Alice. »Was, wenn ihr plötzlich alles wieder eingefallen ist?«

»Ich glaube nicht, dass sie sich erinnert hat«, haspelte Camille. »Sie ist nur vor dem ... dem Mann erschrocken.«

Alice seufzte ungeduldig. »Na gut, wenigstens wissen wir jetzt, dass Lucie nicht das einzige Gespenst im Haus ist.«

»Schön, dass wenigstens eine von uns so ruhig bleiben kann«, fauchte Camille in den Hörer.

»He, keine Angst!«, sagte Alice. »Er wohnt doch im Spiegel, genau wie Lucie. Und alle Geisterjäger schreiben, dass Tote den Lebenden nichts anhaben können, solange man furchtlos ist und sich nicht einschüchtern lässt.«

Klar, kein Problem, dachte Camille und schielte zum Schatten unter der Treppe.

Noch nie war sie so froh gewesen, dass ihr Bruder wieder seine grässliche Musik hörte. Und es war beruhigend, dass sie durch die halb offene Haustür ihre Mutter sehen konnte, die bis zur Unkenntlichkeit vermummt den Weg zum Tor freischippte, während sich Schneeflocken groß wie Federn an ihre Mütze und den Mantel mit dem hochgeschlagenen Kragen hefteten.

»Weißt du, was?«, flüsterte sie. »Die Kette, die Lucie gezeichnet hat ... ein bisschen sah sie aus wie eine Schlinge ...«

»Eines ist klar«, unterbrach Alice sie. »Wir müssen dem Spuk ein Ende machen und Lucie erlösen.«

Camilles Augen brannten, so jäh stiegen ihr die Tränen in die Augen. *Wir.* Das Wort fühlte sich hell und unendlich tröstlich an, und gleichzeitig pochte es wie ein dunkler, klebriger Knoten aus Heimweh und Verlust in ihrer Brust. »Alice?«, brachte sie kläglich hervor. »Langsam bekomme ich wirklich Angst. Kannst du nicht herkommen? Wenigstens für einen Nachmittag?«

Alice schwieg. Und als sie wieder zu sprechen begann, klang sie genauso traurig, wie Camille sich fühlte. »Ich kann nicht, Camille. Ich sitze hier fest. Du musst schon zu mir kommen!«

Camille wischte sich mit dem Ärmel die Tränen von den Wangen. »Das geht nicht«, murmelte sie. »Bei uns ... liegt auch zu viel Schnee. Papa kann nicht mal mehr mit dem Auto zur Arbeit fahren.«

Alice seufzte. »Du schaffst es auch ohne mich«, sagte sie dann betont munter. »Du warst doch schon immer viel mutiger als ich.«

Camille schniefte. »Wirklich?«

»Na logisch! Du weißt doch: Ich kann zwar die gruseligsten Geschichten erfinden, aber du bist von uns beiden diejenige, die sich in die Monsterhöhle wagt. Ich stelle mir das Telefon ans Bett, dann kannst du mich auch nachts anrufen. Hast du den Spiegel schon auf den Dachboden gestellt?«

Camille biss sich ertappt auf die Unterlippe. »Es ...

ähm ... ging noch nicht. Meine Mutter hat den Dachboden abgesperrt. Sie sagt, Laurent und ich dürfen erst hochgehen, wenn alles fertig renoviert ist.«

Ausnahmsweise war sie froh, dass Alice sie jetzt nicht sehen konnte, so rot wurde sie bei dieser Lüge. »Dann musst du eben den Schlüssel stehlen und heimlich hochgehen«, sagte ihre Freundin mit Nachdruck. »Lucie braucht deine Hilfe!«

Zaghaft flüsterte Camille vor jedem Spiegel im Haus Lucies Namen, aber das Geisterkind blieb verschwunden. Und als hätte es nur seine Albträume zurückgelassen, suchten Camille in dieser Nacht unheimliche Bilder heim. Sie hetzte die Treppe zum Dachboden hoch und stolperte, als ihr ein Schuh vom Fuß rutschte. Beim Blick über die Schulter erschrak sie so sehr, dass sie fast wieder hingefallen wäre. Der Mann kroch auf allen vieren hinter ihr her, eidechsenschnell und mit vor Wut gefletschten Zähnen. Wie schwarze Spinnen sprangen seine Hände von Stufe zu Stufe.

Als Camille sich aus dem Schlaf rettete, als würde sie mit einem Satz eine Schwelle überspringen, lag keine Lucie neben ihr im Bett. Camille suchte eine ganze Weile ihr gespiegeltes Zimmer ab, aber sie fand auch keine Schattenhand. Es war seltsam, dass man traurig und erleichtert zugleich sein konnte. »Lucie?«, rief sie leise. »Du brauchst keine Angst zu haben, er ist nicht hier.«

Doch das kleine Gespenstermädchen tauchte nicht auf. Camille seufzte und wollte sich gerade wieder in ihre Kissen zurücksinken lassen, da erstarrte sie. Der Spiegel war immer noch leer. Aber auf der anderen Seite des Zimmers drückte sich ein dunkler Umriss mit langen Armen in die Lücke zwischen Kleiderschrank und Wand. »Das ist doch nur Laurents schwarze Sportjacke, die am Schrank hängt, du Angsthase«, redete Camille sich flüsternd zu. Aber während sie noch nach einer Erklärung suchte, warum ihr Bruder seine Sachen in ihrem Zimmer verstauen sollte, bewegte sich der Ärmel. Und nicht nur der Ärmel. Etwas Großes, Dürres zog sich tiefer in die Lücke zurück und hielt ganz still, als sollte Camille es nicht bemerken.

Sie wusste nicht mehr, wie sie aus dem Bett gekommen war. Im nächsten Augenblick war sie schon im Flur, den Telefonhörer ans Ohr gepresst, während sie sich mit dem Rücken gegen die Wand drückte und die geschlossene Tür ihres Zimmers anstarrte. Sie zitterte immer noch so sehr, dass sogar ihre Zähne klapperten.

»Er ist nicht mehr im Spiegel, sondern in meinem Zimmer!«, wisperte Camille mit erstickter Stimme. »Ich glaube, er ist nicht mehr hinter Lucie her, sondern ...«

»Ich weiß!«, stieß Alice hervor. »Ich wollte dich auch gerade anrufen. Du musst Lucie auf den Dachboden bringen! Sofort, hörst du? Sonst sehen wir uns nie wieder!«

Auf Camilles Haut sträubten sich alle Härchen. »Was?«, würgte sie hervor.

Alice' Stimme überschlug sich. »Ich habe in dem Geisterjäger-Buch eine Geschichte gefunden, die wirklich passiert ist. Da ... da war mal ein Mädchen, das mit Geistern sprechen konnte, aber damit lockte sie auch böse Dämonen an und ... es ist zwar nicht genauso wie bei Lucie und dir, aber ...«

»Alice!« Camille musste sich beherrschen, um nicht zu schreien. »Hör auf herumzustottern und sag mir, was ich machen soll!«

Weit von ihr entfernt, in einem friedlich schlafenden, verschneiten Paris, schluckte ihre beste Freundin hörbar. Dann begann sie hastig zu erzählen.

Camille machte alle Lichter im Treppenhaus und im Badezimmer an, sie klopfte gegen jeden Spiegel und rief flüsternd nach Lucie, sie lockte und befahl und schließlich schimpfte sie mit dem Geistermädchen und drohte ihm an, nie wieder mit ihm zu sprechen, wenn es sich nicht zeigen würde. Und endlich, im schmalen Flurspiegel, der neben der Arbeitszimmertür im ersten Stock hing, tauchte das kleine Gespenst auf wie herbeigeschnippt, den Teddy fest an sich gedrückt. »Na endlich!«, entfuhr es Camille. »Wo warst du die ganze Zeit?«

Lucie blinzelte sie verstört an. »Ich habe geschlafen. Warum bist du so wütend?«

Camille blieb jedes weitere Wort im Hals stecken. Denn ganz deutlich hörte sie, wie im Erdgeschoss mit leisem Quietschen die Türklinke ihres Zimmers heruntergedrückt wurde. *»Er will in unsere Welt zurückkommen«*, hallten Alice' Worte in ihrem Kopf. *»Und dazu benutzt er Lucie. Er hat sie ermordet und lässt sie nicht gehen. Er hält sie zwischen den Welten gefangen und versucht so, an dich heranzukommen. Um wieder lebendig zu werden, muss er dir das Leben stehlen. Nur wenn Lucie auf die andere Seite geht, schließt sich das Tor zwischen der Welt der Lebenden und der Toten wieder und du bist sicher* *vor ihm. Aber dafür musst du sie auf den Dachboden bringen!«*

»Wage es ja nicht, wieder zu verschwinden, Lucie!«, befahl Camille. Dann packte sie den Rahmen und riss den Spiegel von der Wand. Lucies erschrockener Aufschrei gellte ihr im Ohr, während der schwere Spiegel ihr entgegenfiel und sie einfach zu Boden riss. Einen Moment lang wusste Camille nicht mehr, wo oben und unten war. Als sie sich benommen aufsetzte, traute sie ihren Augen nicht: Vor ihr kullerte der gelbe Teddy über die Dielen. Und neben ihr kauerte das kleine Gespenst auf den Knien und rieb sich mit schmerzverzerrtem Gesicht die Stirn. *Sie ist aus dem Spiegel gefallen?,* dachte Camille völlig fassungslos. Doch für weitere Betrachtungen blieb keine Zeit. Denn unten im Erdgeschoss knarrten die Dielen unter langsamen Schritten.

Camille packte Lucies Hand, sprang auf und zerrte das Mädchen hinter sich her die Treppe zum zweiten Stock hoch. »Aua!«, kiekste Lucie. »Lass mich los!«

»Du musst mitkommen!«, herrschte Camille sie an.

Aber die Kleine stemmte sich gegen ihren Griff wie ein bockiges Pony. »Ich will da nicht hoch. Da oben wohnt der böse Mann!«

»Der böse Mann ist hier unten und will uns beide umbringen!«, keuchte Camille. »Nur auf dem Dachboden sind wir sicher.«

Das half nicht wirklich. Lucie verwandelte sich in ein hysterisches Bündel aus Fäusten und tretenden Füßen. Und plötzlich schlug sie ihre kleinen Zähne so fest in Camilles Hand, dass Camille vor Überraschung stolperte.

»Lucie?«, erklang hinter ihnen eine müde Frauenstimme.

Mama sieht Lucie auch?, schoss es Camille durch den Kopf. Aber es war nicht ihre Mutter. Die Fremde, die gerade aus der offenen Tür des Arbeitszimmers trat, hatte lockiges braunes Haar und schlafmüde Augen. Über ihrem Nachthemd trug sie einen geblümten Bademantel. Verwundert schaute sie zum Spiegel auf dem Boden. »Was ist denn hier passiert?«

Lucie riss sich von Camille los, rannte die Treppe hinunter und stürzte sich in die Arme der Fremden. »Das war Camille«, rief sie. »Sie ist aus dem Spiegel gesprungen und hat ihn runtergeworfen.«

Die Fremde runzelte die Stirn. »Du hast also wieder mit deiner kleinen Freundin gesprochen? Mitten in der Nacht?«

»Mama?« Das Licht im Erdgeschoss ging an. Ein braunhaariges Mädchen in Camilles Alter kam langsam die

Treppe hoch und rieb sich verschlafen die Augen. »Was war das für ein Gepolter?«

»Alles in Ordnung, Florence«, sagte die Frau. »Deine kleine Schwester hatte nur wieder einen Albtraum.«

»Es war kein Traum!«, widersprach Lucie mit weinerlicher Stimme. »Sie hat mich gepackt und mich die Treppe hochgezerrt, ganz grob war sie und gemein.«

»Ich war gemein?«, entfuhr es Camille. »Du hast mich gebissen!«

»Florence, geh zurück ins Bett«, sagte die Frau zu dem älteren Mädchen.

Es runzelte die Stirn, aber trollte sich dann gehorsam wieder nach unten.

»Camille hat gesagt, der böse Mann will uns beide umbringen«, sprudelte Lucie wieder los.

Die Frau schluckte sichtlich. »Der ... Mann?«

Lucie nickte. »Er hat einen Hut und schwarze Hände. Er hat ein Mädchen auf dem Dachboden umgebracht. Mit einem Seil.«

Camille hatte plötzlich das Gefühl, dass die Treppe unter ihr schwankte. Auch die Frau war schlagartig blass geworden. »Wer ... wer hat dir denn so etwas erzählt?«

»Na, Camille! Sie lässt mich das alles sehen.« Lucie

deutete anklagend zur Treppe. Doch der Blick der Frau ging durch Camille hindurch, als wäre sie unsichtbar.

»Ich ... ich verstehe das nicht«, stotterte Camille. »Seid ihr etwa alle Geis...«

»Jetzt hör mir mal genau zu, Liebes!« Die Frau ging vor Lucie in die Hocke und legte ihr die Hände auf die Schultern. »Hier gibt es keinen bösen Mann. Und deine kleine Freundin, diese Camille ... sie existiert nicht wirklich.«

Camille musste sich an das Geländer lehnen, sonst wäre sie einfach in sich zusammengesackt.

»Sie ist eine Fantasiegestalt«, fuhr die Frau sanft fort, »eine unsichtbare Freundin. Du hast sie dir nur ausgedacht, verstehst du?«

Camille hörte nicht mehr, was Lucie antwortete, sie stieß sich vom Geländer ab und rannte ins Erdgeschoss hinunter. Dort riss sie die Tür zu Laurents Zimmer auf. Doch es war nicht das Zimmer ihres Bruders. Als die Tür mit Wucht gegen die Wand donnerte, fuhr Florence im Bett hoch, in das sie sich gerade wieder eingekuschelt hatte. Camille stolperte in den Flur. Gleißende Wintersonne blendete sie. Als wären Stunden vergangen, war es plötzlich Tag und Camille stand an der Küchentür. Ein Mann und die braunhaarige Frau saßen am Tisch. Sie waren nebelhaft blass und halb durchsichtig, aber Camille erkannte Lucies Mutter sofort wieder. Vor ihr auf dem Tisch waren Lucies Bilder ausgebreitet. Und seltsamerweise entdeckte Camille auch ihre eigene Zeichnung auf dem Tisch: Alice in ihrem schönen roten Kleid im Park.

»Ich weiß ja, es klingt verrückt«, sagte die Frau. »Aber Lucie hat schon seit Wochen diese Albträume. Und schau dir die Bilder an, die sie neuerdings malt. Manche sehen aus, als hätte ein viel älteres Mädchen sie gezeichnet. Außerdem ist der Dachboden verschlossen, sie war noch nie dort oben, aber trotzdem malt sie ihn!«

»Ein Dachboden sieht doch aus wie der andere«, wandte der Mann ein. Obwohl er fast mit dem Hintergrund verschmolz, erahnte Camille, dass er ein freundliches, weiches Gesicht hatte, das sie sehr an Lucie erinnerte. Sicher war das ihr Vater. Nun schüttelte er den Kopf. »Wir waren uns doch beide einig, dass wir nicht an Flüche, Gespenster und ähnlichen Unsinn glauben. Dieser Verrückte, der damals sieben Kinder entführt und ermordet hatte, wurde gefasst und verurteilt, und er ist vor vielen Jahren im Gefängnis gestorben. Und ja, dieses Haus hat eine schlimme Vergangenheit, weil er seine letzten Opfer hierhergebracht hat. Aber wir hatten uns doch dazu entschlossen, das Haus zu renovieren und trotzdem hier zu leben. Immerhin bekamen wir das Gebäude wegen dieser Geschichte fast geschenkt. Seit fünf Jahren ist es unser Zuhause und wir fühlen uns hier wohl. Glaub mir, es gibt hier keine dunklen Schatten der Vergangenheit!« Er lächelte und fügte sanfter hinzu: »Kinder in Lucies Alter haben oft eine blühende Fantasie und imaginäre Freunde, mit denen sie reden. Das ist völlig normal.«

»Wirklich?«, sagte die Frau besorgt. »Und ja, ich weiß, was wir vor dem Kauf des Hauses besprochen hatten. Ich bin auch nicht abergläubisch und bisher dachte ich genau wie du. Aber wie erklärst du dir das hier?«

Sie riss zwei Zeichnungen vom Tisch und hielt sie dem Mann vor die Nase.

»Lucie malt Dinge, die sie unmöglich wissen kann. Einen Stadtpark mit einem Kinderspielplatz – in genau so einem Park in Paris hat der Mann die beiden Kinder, die er dann in seinem Lieferwagen entführt hat, damals ausgespäht. Eines der Mädchen war blond, wie dieses hier auf Lucies Zeichnung. Und als die Polizei den Kerl verhaftete, trug er einen schwarzen Hut und schwarze Handschuhe. Und jetzt schau dir das an!« Sie hob eine zweite Zeichnung hoch, die Camille noch nicht kannte. Lucie hatte wieder ein Strichmännchen gemalt, das ganz unten am Rand des Bildes lag, als wäre es abgestürzt. Es hatte lange schwarze Haare und Sprenkel wie von Sommersprossen im Gesicht. »Auch das konnte Lucie nicht wissen! Ich habe dieses Detail erst heute herausgefunden, als ich mir im Stadtarchiv die alten Zeitungsberichte zeigen ließ: Das arme Mädchen, das damals bei dem Fluchtversuch umgekommen ist, trug nur einen Schuh, als es gefunden wurde.«

Lucies Mutter tippte mit dem Zeigefinger auf die Zeichnung, dorthin, wo am rechten Fuß des Strichmännchens eine Art Krakelnest klebte, das wohl ein Schuh sein sollte. »Und jetzt rate mal, wie das Mädchen hieß«, setzte Lucies Mutter leise hinzu. »Camille Auvray.«

Camille spürte ihre Beine nicht mehr, während sie zurückwich, den fassungslosen Blick auf ihren bloßen linken Fuß gerichtet. Ganz von selbst tastete ihre Hand nach ihrem Hals. Sie zuckte zusammen, als sie unter ihrem Ohr etwas Eckiges fand, wie einen Knochensplitter unter ihrer Haut.

»Aber ich bin doch gar nicht tot!«, stieß sie hervor. Ihre Stimme verhallte im dunklen Haus, als wäre die Nacht gleich einem schwarzen Vorhang über das Gemäuer gefallen. Doch dieses Dunkel begann zu wabern wie Schatten schwarzen Wassers. Es schwappte ihr entgegen, floss zusammen und wuchs senkrecht zu einer Gestalt in die Höhe. Fingerknöchel knackten, als der Mörder die Seilschlinge fester umschloss.

Camille warf sich mit einem Schrei herum und floh in die einzige Richtung, die ihr blieb: hinaus in den Flur zur Haustür, nur um festzustellen, dass sie abgeschlossen war. Ohne nachzudenken, sprang sie auf die Treppe und hetzte in den ersten Stock. Eine Hand packte sie am linken Knöchel und brachte sie zu Fall. Und wie in einem Traum wurde ihr bewusst, dass sie all das schon einmal erlebt hatte.

Sie spürte, wie ihr linker Fuß aus dem Schuh rutschte, dann war sie frei. Während sie weiterhetzte, warf sie einen Blick über die Schulter. Ihr Verfolger war auf der Treppe gestürzt. Nun stützte er sich mit den Händen auf und überwand die nächsten Stufen blitzschnell kriechend. Camille rannte weiter, während Erinnerungen durch sie hindurchströmten.

Sie erinnerte sich an den Mann im Park. An den stotternden Motor und die Enge in einem Lieferwagen. An das Geräusch einer zufallenden Tür und das Knarren von Dielen, das Alice und ihr stets zeigte, wo ihr Entführer im Haus herumlief. *»Du warst schon immer mutiger als ich«*, hörte sie Alice flüstern. Und Camilles eigene Stimme antwortete wie ein Echo aus der Vergangenheit: *»Ich hole Hilfe, Alice.«*

Als würden zwei Wirklichkeiten ineinanderfließen, sah sie sich selbst wie in einem Traum: Wie sie aus der Dachbodenkammer entkam und im Erdgeschoss an der abgeschlossenen Haustür rüttelte. Wie sie sich unter der Treppe versteckte, weil der Entführer in diesem Moment zurückkam.

Sie erinnerte sich nicht daran, wie lange sie in ihrem Versteck ausgeharrt hatte. Aber sie wusste, dass sie schließlich in den Flur schlich und das Telefon fand, die Nummer der Polizei wählte und hastig zu flüstern begann.

»Geister mit Amnesie haben kein Zeitgefühl mehr«, hallten Alice' Worte in ihrem Kopf. *»Sie wissen nicht, ob Jahre oder Jahrzehnte vergangen sind.«*

Camille hatte aufgehört zu rennen, doch sie ging Stufe um Stufe weiter, die Hand auf das Treppengeländer gelegt. Und sie erinnerte sich: wie sie den Telefonhörer einfach fallen ließ, als der Entführer aus dem Nichts auftauchte, wie sie treppauf floh. Und als nun die Tür zum Dachboden schon in Sicht kam, fand sie den Moment wieder, in dem sie die Stiege hochgestürzt war und die Tür zum Dachboden zwischen sich und ihrem Verfolger zuschlagen wollte.

Was aber nicht ging, weil auf der Schwelle jemand lag.

Camille stolperte zurück, die Hände vor den Mund geschlagen, den Blick auf die leblose Gestalt im roten Kleid gerichtet. Ihr Fuß rutschte von der Treppe und trat ins Leere. Dann verlor sie das Gleichgewicht – und fiel.

»Nein!« Ihr Schrei schien im ganzen Haus zu hallen. Sie wartete auf den Schmerz des Aufpralls. Aber nichts geschah.

Gar nichts, dachte sie verwundert. Dabei hätte ihr Herz vor Angst und Entsetzen rasen müssen.

Wenn sie einen Herzschlag gehabt hätte. Und als ihr bewusst wurde, dass sie immer noch auf der Treppe stand, fand endlich auch das letzte Bruchstück ihrer zersplitterten Erinnerungen seinen Platz.

»Wer weiß, vielleicht spukt die arme Kleine schon seit zwanzig Jahren oder länger im Haus herum ...«, hörte sie Alice' Stimme wie ein fernes Echo. *»Du musst sie auf den*

Dachboden locken, Camille ...«, »Ich sitze hier fest. Du musst schon zu mir kommen ...«

Als sie den Kopf hob und ins Sonnenlicht blinzelte, war alles anders. Der Mörder war fort, als wäre er nur eine von Alice' Schauergeschichten gewesen. Das Haus, in dem Lucie mit ihrer Familie lebte, sah völlig anders aus als der Ort, an den Camille vor so vielen Jahren entführt worden war. Denn jetzt wurde ihr klar, dass sie mit Laurent und ihren Eltern niemals hier gewohnt hatte. Es war vor vielen Jahren das Haus des Mörders gewesen. Doch dann hatten Lucies Eltern es gekauft und neue Fenster eingebaut. Sie waren viel größer und auch das Treppengeländer war neu und leuchtete nun weiß gestrichen. Helle Farben ließen die Wände freundlich wirken und überall hingen Fotos von Lucie und ihrer Familie. Nur hatte Camille all das nicht wahrgenommen. *»Geister sehen nur das, was sie sehen wollen, und reimen sich alles so zusammen, wie es ihnen passt«,* klangen ihr die Worte von Alice im Ohr. Keine einzige Diele knarrte, als Camille die letzten Stufen zum Dachboden hochstieg. Jetzt wusste sie, warum Alice so verzweifelt und mit aller List versucht hatte, sie dorthin zu locken.

Lucies Mutter hatte gesagt, dass die Tür verschlossen

war, aber Camille öffnete sie mühelos und trat auf den Dachboden. »Alice?«, fragte sie leise.

Die Bewegung neben ihr war kaum mehr als ein Zittern in der Luft, so, als würde dort Hitze flirren. Und Camille musste lächeln, als sie spürte, wie eine Hand in ihre glitt.

»Endlich bist du hier«, sagte Alice.

Siebensachen

Das neue Kind, das Mama in den Armen wiegte, war überhaupt nicht die niedliche kleine Schwester mit den rosigen Bäckchen, die alle Erwachsenen Fina versprochen hatten. Es hatte Falten auf der Stirn und Ohren, die groß und rot und fast so durchscheinend wie Mäuseohren waren. Das Gesicht war zu einer unzufriedenen Grimasse verzogen. Irgendwie sah das Baby schief und verbeult aus, fand Fina.

»Ist sie nicht süß?« Tante Híldur nahm Mama das Baby aus den Armen. Als die alte Frau es an sich drückte, plumpste sein Kartoffelkopf auf Híldurs Schulter. Das Baby öffnete die Augen. Fina machte einen Schritt zurück und trat ihrem Bruder Eric auf den Fuß. »He, pass doch auf«, maulte er und gab ihr einen Schubs zwischen die Schulterblätter. Aber Fina wich sofort wieder zurück, als könnte sie ausgerechnet zwischen ihren großen Brüdern Sicherheit finden. Das Baby sah sie über Tante Híldurs Schulter nämlich immer noch unverwandt an.

»Es soll mich nicht so anstarren«, sagte sie leise.

Die Erwachsenen lachten.

»Alfa starrt dich nicht an, sie kann dich doch noch gar nicht deutlich sehen«, sagte Mama und stopfte sich ein Kissen im Rücken zurecht. Sie lag im Elternschlafzimmer und ruhte sich immer noch von den Tagen im Krankenhaus aus. Nun streckte sie die Hände aus und nahm das Baby wieder zu sich. In ihren Armen schloss es die Augen und gähnte. »Babys brauchen ein paar Wochen, bis sie Gesichter genau erkennen können«, erklärte Mama leise. »Komm her und gib deiner kleinen Schwester einen Kuss, damit sie gut schläft.«

Aber Fina drückte nur Skyrgámur fest an sich und schüttelte den Kopf. Skyrgámur war ein Weihnachtstroll, einer der dreizehn wilden Kerle, die den Menschen in der Weihnachtszeit allerlei Streiche spielten. Da gab es zum Beispiel den »Kerzenschnorrer« und den »Türzuknaller«. Skyrgámur war derjenige, der den quarkähnlichen Skyr-Joghurt aus dem Kühlschrank stahl. Inzwischen war es zwar schon April, aber Fina brachte es nicht übers Herz, Skyrgámur endlich auch in die Kiste mit den Weihnachtssachen zu verbannen.

»Warum trägt das Mädchen nur diese hässliche Fetzenpuppe mit sich herum?«, bemerkte Tante Híldur tadelnd. »Die ist ja schon ganz schmuddelig und schmutzig, das ist nicht gut für das Baby.«

»Lass sie, Híldur«, sagte Mama sanft. »Amma hat die Puppe extra für Fina genäht.«

»Sie spricht sogar mit dem Ding«, feixte Eric. Sein Bruder Helge lachte sein fieses Großer-Bruder-Lachen und näselte mit weinerlicher Stimme: »Skyrgámur, hilf mir, die bösen Elfen wollen mich fressen, buhuu!«

»He!«, fauchte Fina und schlug Helges Hand weg, als er an Skyrgámurs Mütze ziehen wollte.

»Flóka, Flóka – Wirrkopf!«, frotzelte Eric.

»Schluss jetzt, Jungs!«, ging Papa dazwischen. »Niemand wird in unserem Haus beleidigt. Und wer das nicht weiß, der hat Computerverbot, bis er es gelernt hat.« Das saß. Eric und Helge wurden regelrecht blass. Fina drückte ihre Puppe an sich und funkelte ihre Brüder zornig an.

»Der kleine Troll bedeutet Fina sehr viel«, sagte Mama sanft zu Híldur. »Für sie waren die letzten Monate keine leichte Zeit. Erst der Umzug in die neue Stadt, dann das neue Haus, die neue Schule, neue Kinder. Und natürlich die ... die Sache mit Amma. Sie ist ja direkt nach Weihnachten gestorben. Skyrgámur ist also das letzte Geschenk, das Fina von ihrer Oma bekommen hat …« Mamas Stimme zitterte bei diesen Worten. Aber als sie das Baby betrachtete, wurde ihr Gesicht ganz weich. »Tja, und nun hat Fina auch noch ein Schwesterchen bekommen«, setzte sie lächelnd hinzu. »Daran muss sie sich auch erst einmal gewöhnen.«

»Ja, sie muss sich wirklich an viel Neues gewöhnen«, bemerkte Híldur spitz. »Vor allem daran, dass sie ab jetzt nicht mehr die kleine Prinzessin im Haus ist.« Sie beugte sich zu dem Baby, kitzelte es am Kinn und säuselte: »Gutzi, Gutzi, so eine müde kleine Alfa!«

Das Baby brüllte ohne Vorwarnung los, so laut und schrill, dass sogar Mama zusammenzuckte und Finas Brüder zurückwichen, als würde Alfas Geschrei sie in Richtung Tür föhnen.

Papa hielt sich lachend die Ohren zu »Du meine Güte, so eine laute Stimme hatte ja noch keines unserer Kinder.« Er musste schreien, sonst hätte niemand ein Wort verstanden. Sogar Tante Híldurs Lächeln hatte etwas Gequältes bekommen. Es wirkte nun eher so, als würde sie einen Zitronenschnitz lutschen. Mama versuchte das Baby zu beruhigen, doch es brüllte nur noch fürchterlicher und fuchtelte mit den Fäusten.

Fina flüchtete zur Tür und schlüpfte in den Flur. Aber erst als sie in ihrem Zimmer am Ende des Gangs war und auch noch den Stuhl unter die Klinke geschoben hatte, hörten ihre Knie auf zu zittern. Mit einem Satz war sie auf ihrem Bett. Hier war ihr sicherer Ort. Um alle Bettpfosten waren blaue Wollfäden gebunden. Sieben Knoten hatte sie in jeden Faden geknüpft. Aber gegen das Geschrei des Babys half kein Zauber. Das Gebrüll füllte das ganze Haus aus und schien immer lauter zu werden.

»Irgendetwas ist komisch«, flüsterte Fina Skyrgámur zu. »Findest du nicht?« Der kleine Kerl mit der roten Mütze sah sie nur besorgt an. Tante Híldur hätte natürlich gesagt, dass eine Stoffpuppe nicht besorgt schauen kann, schon gar nicht mit Augen, die nur Kreuze aus dunklem Garn waren. Aber Fina wusste es natürlich besser. Ebenso, wie sie wusste, dass das neue Baby sie vorhin ganz genau beobachtet hatte!

Bis zu diesem Frühjahr war Tante Híldur für Fina nicht viel mehr als ein Name auf Geburtstagskarten gewesen. Sie war die ältere Schwester von Amma, aber sie wohnte weit weg und hatte Finas Familie bisher nur selten besucht. Erst seit sie aus dem Norden Islands in die Nähe der Stadt

Reykjavík gezogen waren, kam Híldur manchmal vorbei. Und seit Mama mit dem neuen Baby aus dem Krankenhaus gekommen war, wohnte sie sogar für ein paar Wochen im Gästezimmer. Das einzig Gute daran war, dass sie Finas Brüdern Beine machte, wenn sie es wagten, Fina das Leben schwer zu machen.

Das Blöde war, dass Tante Híldur es auch auf Fina abgesehen hatte.

»Was hortest du denn da für einen Krempel auf dem Fensterbrett, Kind?«, schimpfte sie. »Federn und Steine und ... ist das etwa der Radiergummi, der in deinen Schulranzen gehört?«

»Das sind Siebensachen«, erklärte Fina kleinlaut. »Amma hat immer gesagt, die Dunklen mögen die Zahl Sieben nicht. Und der Radiergummi ist blau. Der Zauber wirkt nur, wenn auch etwas Blaues dabei ist ...«

»Gütiger Gott!« Híldur rollte mit den Augen. »Ich will ja nichts Schlechtes über meine verstorbene Schwester sagen, aber sie war nun mal verrückt. Schon damals, als wir beide noch Kinder waren, hat sie unsere Eltern mit ihren wirren Geschichten über Geister fast zum Wahnsinn getrieben. Und diese Gruselgeschichte über das böse Elfenvolk unter eurem Haus, die sie dir ins Ohr gesetzt hat, ist nur Aberglaube.« Damit nahm sie den Papierkorb und fegte alle magischen Gegenstände vom Fensterbrett. Fina wagte nicht zu protestieren, aber heimlich fischte sie die Siebensachen wenig später wieder aus dem Papierkorb. Tante Híldur würde es niemals glauben, aber nachts, wenn alle schliefen, hörte Fina manchmal Flüstern und Kratzen außen am Haus. In ihrer allerersten Nacht im neuen Heim hatte sie sogar ganz deutlich kleine, flinke Füße über das Dach trippeln gehört. Als sie Mama davon erzählte, hatte diese nur gelächelt. »Das war die Nachbarskatze auf dem Hausdach, Fina. Und das Flüstern war der Wind. Wenn er den Lavasand auf die Metallfassade des Hauses weht, dann macht das kratzende Geräusche.«

Ihre Großmutter war die Einzige gewesen, die Fina stets geglaubt hatte. Alle sagten zwar, Amma sei verwirrt gewesen, hätte sich Dinge eingebildet, die es gar nicht gab, und dafür alles andere nach und nach vergessen: Papas Namen zum Beispiel, die Wochentage und sogar das Wort für Milch. Aber wer Fina war, hatte ihre Großmutter bis zuletzt immer gewusst.

Fina musste nun daran denken, was Amma bei Finas letztem Besuch gesagt hatte: »Dein Vater hätte euer Haus niemals an dieser Stelle bauen dürfen. Die Lavafelsen unter dem Baugrundstück gehören rachsüchtigen Geschöpfen. Aber deine Eltern wollten ja nicht auf mich hören.« Bei diesen Worten hatte Amma tief geseufzt und eine Haarnadel aus ihrem Haarknoten gezogen. Er saß wirr und zerzaust wie ein Vogelnest im Sturm auf ihrem Kopf. Als er sich löste, fielen die langen weißen Strähnen wie ein Vorhang über Ammas Gesicht. »Vielleicht beobachten sie uns. Also komm her!«, raunte Amma so leise, dass Fina auf dem Bett ganz nah an sie heranrutschen musste. Amma nahm Skyrgámur und begann damit, sein Gesicht zu besticken. Stich um Stich entstanden kleine Kreuze als Augen und ein roter Strichmund. »Hör gut zu«, flüsterte Amma. »Tu so, als würdest du mir nur beim Sticken zuschauen, und spitz die Ohren, mein kleiner Schneefuchs. Deine Eltern sind gute Menschen, doch auf eine Art sind sie blind. Das dunkle Volk kann sie leicht täuschen und sich vor ihnen verbergen. Aber solche wie wir – du und ich –, wir sehen und hören besser als diejenigen, die nicht mehr an das uralte Huldufólk glauben. Dadurch, dass deine Eltern euer neues Haus auf den Lavafelsen erbaut haben, wurde den Dunklen ihre Wohnstatt im Stein genommen. Nun sind sie heimatlos und werden versuchen, sich an euch zu rächen.« Ihre Worte wurden zu einem Wispern, nicht lauter als der Wind, der draußen am Fenster vorbeistrich, als wollte er lauschen. »Ich werde bald nicht mehr auf euch aufpassen können, mein Füchslein. Also musst du wachsam genug für euch alle sein und darauf achten, dass die Dunklen niemals die Schwelle eures Hauses übertreten.«

»Wir müssen auch auf Alfa aufpassen«, sagte Fina nun leise zu Skyrgámur. »Amma hat gesagt, manchmal stehlen sie auch Menschenkinder aus der Wiege und bringen sie weit fort ...« Sie biss sich auf die Unterlippe und drehte ihren Freund schnell zur Seite, damit er ihr nicht mehr ins Gesicht schauen konnte. Auf keinen Fall sollte er bemerken, dass sie flüchtig gelächelt hatte. Sie wollte es gar nicht, es war einfach passiert. Sie war ja selbst ganz entsetzt über ihren Gedanken. Aber einen Herzschlag lang hatte sie sich tatsächlich ausgemalt, wie schön es wäre, wenn Alfa einfach wieder verschwinden würde.

In den ersten Nächten hatten Finas Eltern noch versucht, das Baby zu beruhigen, indem sie ihm Lieder vorsummten und es stundenlang hin und her trugen. Aber das Baby brüllte und brüllte, am Montag, am Mittwoch und auch noch am Freitag. Über das Wochenende ergriffen Finas

Brüder die Flucht und übernachteten bei Freunden. Fina blieb mit den Erwachsenen zurück und vergrub den Kopf zwischen zwei Kissen. Sie hörte kein Trippeln mehr auf dem Dach, zu laut war Alfas Kreischen, das an eine Kreissäge erinnerte. Die Nachbarskatze wagte sich längst nicht mehr in die Nähe des Hauses. Und es war, als würde das Baby auch die Menschen vertreiben. Mamas Freundinnen, die anfangs noch zu Besuch gekommen waren, ließen sich nicht mehr blicken. Die Nachbarn verschwanden hinter den Gardinen, ohne, wie sonst, zu grüßen und zu winken. Und wenn das brüllende Bündel im Kinderwagen draußen auf der Terrasse stand, knallten in der ganzen Straße Türen und Fenster zu. Mama fiel das wohl gar nicht auf, zu sehr war sie damit beschäftigt, nicht vor Erschöpfung im Sitzen einzuschlafen. Ihr Haar war strähnig, weil sie nicht zum Duschen kam, sie hatte tiefe Ringe unter den Augen und wankte wie ein blasses Gespenst durch die Räume, in den Armen das schlecht gelaunte Baby. Fina fand, es war noch hässlicher geworden. Zornesfalten hatten sich in die Stirn gegraben und vom Dauerbrüllen war es dunkelrot im Gesicht. In all dem Chaos fiel zum Glück nicht auf, dass Fina sich immer noch davor drückte, ihrer neuen Schwester nahezukommen. Wenn sie von der Schule kam, senkte sie den Kopf und flüchtete in ihr Zimmer, ohne zu der Wiege zu schauen, die wie das Auge des Sturms, der ihre Familie durcheinanderwirbelte, mitten im Wohnzimmer stand.

»Was soll ich denn noch machen?«, hörte Fina ihre Mutter eines Abends in der Küche klagen. »Wir waren doch schon so oft mit Alfa beim Arzt, aber er sagt immer wieder, dass ihr nichts fehlt! Und trotzdem schläft sie so gut wie nie. Sie nimmt kein Gramm zu und ist niemals satt.«

»Reiß dich zusammen, Karen«, antwortete Tante Híldur streng. »Ja, es ist nicht leicht mit einem so schwächlichen Baby. Aber du hattest bisher einfach Glück, dass keines eurer anderen Kinder ein Schreikind war. Doch Alfas Zustand ist nur eine Phase und die geht vorbei.«

Aber es ging nicht vorbei, es wurde noch schlimmer. Und als wäre mit dem Baby auch das Pech ins Haus eingezogen, gingen nun ständig Dinge kaputt oder verschwanden. Als Helge sich Erics Skateboard lieh, lockerten sich komischerweise alle Schrauben und Helge stürzte böse aufs Knie. Immer öfter gab es Streit, Helge verdächtigte erst Fina und dann Eric, seine Hausaufgaben zu verstecken. Die Waschmaschine funktionierte nicht mehr, seit irgendjemand Erics Fahrradschloss in die Trommel gesteckt hatte. »Ich war es nicht!«, schrie Eric. »Das war bestimmt Fina! Sie hat ja auch meine Computermaus geklaut und gibt es nicht zu.«

»Weil ich sie gar nicht habe!«, verteidigte sich Fina hitzig.

Papa sprach wieder einmal ein Machtwort. Doch mit der Ruhe war es sofort wieder vorbei, als sich auch noch der Herd mit einem Funken sprühenden Kurzschluss verabschiedete. Tante Híldur seufzte und stellte statt Abendessen trockenes Roggenbrot auf den Tisch. Und als Fina am nächsten Tag aus der Schule kam, stand ihre Mutter weinend im Flur, während Papa ihr den Mantel anzog. »Keine Sorge«, sagte er beruhigend zu Fina. »Mama fühlt sich nur ein bisschen müde und ich fahre sie kurz zu Doktor Jón.«

»Kann ich mitkommen?«, fragte Fina.

Ihr Vater strich ihr zärtlich über das Haar. Aber zu ihrer Enttäuschung schüttelte er den Kopf. »Wir sind gleich wieder da. Tante Híldur ist gerade mit dem Handwerker im Keller bei der Waschmaschine. Deine Brüder sind noch beim Sport. Passt du also bitte auf Alfa auf, bis Híldur wieder da ist? Gerade ist die Kleine ja schön still.«

Was lediglich bedeutete, dass das Baby ausnahmsweise nicht aus vollem Hals brüllte. Es quengelte im Wohnzimmer in seiner komischen Blubbersprache vor sich hin. Schweren Herzens sah Fina zu, wie ihre Eltern ins Auto stiegen, und winkte ihnen nach, bis der Wagen ganz am Ende der Straße um die Kurve verschwunden war. Nur mühsam schluckte sie den Kloß in ihrem Hals herunter, ging wieder ins Haus und schloss die Tür. Hier drin kam ihr alles plötzlich seltsam verlassen vor. Hastig holte sie Skyrgámur aus ihrem Schulranzen. »Reiß dich zusammen, du Feigling«, flüsterte sie ihrem Freund zu. »Hier sind wir sicher. Die Dunklen können nicht über die Schwelle.«

Die Wiege stand im Wohnzimmer neben dem Sofa, die blauen Wollfäden waren noch um die Beine festgeknotet und unter dem Fensterbrett, dort, wo Tante Híldur es nicht entdecken würde, klebten mit Kaugummi befestigt die Siebensachen. Fina lehnte ihre Stirn an das kalte Glas der Terrassentür und starrte eine ganze Weile nach draußen. Der Garten war zwar immer noch ein Trümmerfeld aus grauen Lavaplatten und Schotter; Bretter, die vom Bau des Hauses übrig geblieben waren, lagen herum. Aber das einzige Wesen, das auf den Steinen saß und das Haus beobachtete, war die Nachbarskatze, die sich friedlich die Pfoten leckte. Fina atmete erleichtert aus – und stutzte. Als sie ihr eigenes Atmen hörte, wurde ihr nämlich bewusst, warum das Haus ihr so unheimlich vorgekommen war. Es war die Stille! Das Baby war völlig verstummt. So, als hätte es nur darauf gewartet, bis seine Eltern aus dem Haus waren, um sich nach zwei Wochen Dauergebrüll zum allerersten Mal eine Pause zu gönnen. Mit klopfendem Herzen näherte sich Fina der Wiege und spähte über den Rand. Und dann wäre ihr vor Schreck beinahe Skyrgámur aus der Hand gefallen.

Die Wiege war leer.

»Gott sei Dank, dass wenigstens die Waschmaschine wieder funktioniert«, drang Tante Híldurs Stimme ins Wohnzimmer. Noch nie war Fina so schnell aus dem Wohnzimmer gerannt. »Das Baby ist weg«, wollte sie rufen – doch im selben Moment rutschte sie auf etwas Glitschigem, Kaltem aus. Mit voller Wucht prallte sie gegen Híldur und brachte sie fast zu Fall. Híldur packte sie am Arm. »Was hast du gemacht?«, schimpfte sie. Fina blinzelte verwirrt. Skyrgámur war ihr beim Zusammenstoß aus der Hand gefallen und neben einer weißen Glibberpfütze gelandet. Der ganze Flur war mit weißer Pampe bekleckert – genau wie Finas Schuhe. Das war der Skyr aus dem Kühlschrank. Die Spur führte von der offenen Küchentür direkt zu Finas Zimmer. Dort standen alle geöffneten Becher aus dem Kühlschrank neben dem Bett.

»Kind, bist du wahnsinnig geworden?«, zeterte Tante Híldur prompt los.

»D... das war ich nicht!«, stotterte Fina.

»Wer soll es denn sonst gewesen sein? Etwa deine Puppe?«

»Das Baby ist weg!«, platzte es endlich aus Fina heraus. »Die Dunklen haben Alfa entführt ...«

Die nächsten Worte gingen in ohrenbetäubendem Babygeschrei unter. Allerdings kam es nicht aus dem Wohnzimmer, sondern eindeutig aus dem Badezimmer im ersten Stock. Jetzt verstand Fina gar nichts mehr.

»Was macht Alfa denn da oben?«, rief Tante Híldur entsetzt aus. Fina schnappte sich Skyrgámur und rannte ihr hinterher. Doch an der Badezimmertür wäre sie vor Schreck fast ein zweites Mal gestolpert. Der Korb mit der schmutzigen Wäsche war umgefallen, die müffelnde Kleidung lag über den ganzen Boden verstreut. Und Híldur hob gerade das Baby hoch, das zwischen Erics Fußballsocken strampelte. »Was hast du dir dabei gedacht, deine Schwester in den Wäschekorb zu stopfen, Fina?«, schimpfte sie.

»Ich ... war das nicht«, piepste Fina. Das Baby hatte schlagartig aufgehört zu plärren und gluckste in Híldurs

Armen zufrieden vor sich hin. Fina bekam eine Gänsehaut. Es war ein irgendwie schauriger Laut, aber vielleicht lag es daran, dass Fina ihn noch nie zuvor gehört hatte.

»Geh auf dein Zimmer«, befahl Híldur und wandte sich ab.

Aber Fina konnte sich nicht rühren. Denn über die Schulter der alten Frau hinweg wurde ihr Blick von dem Baby erwidert. Und mit einem Mal begriff Fina, was hier im Haus wirklich vor sich ging.

Papa rieb sich die Stirn, als hätte er Kopfschmerzen. »Du glaubst also, diese Dunklen haben die richtige kleine Alfa aus der Wiege gestohlen und gegen ein Elfen-Wechselbalg ausgetauscht? Als Rache dafür, dass unser Haus auf ihrem Wohnfelsen steht?«

Fina nickte atemlos. »Vielleicht haben sie die richtige Alfa schon im Krankenhaus entführt. Und so ist das Wechselbalg dann in unser Haus gekommen: Wenn ein Mensch einen der Dunklen freiwillig ins Haus trägt, verliert der Zauber der Siebensachen seine Wirkung.«

Tante Híldur wäre jetzt bestimmt sofort wieder ausgerastet, aber ihr Vater atmete nur sehr tief durch. »Wenn deine kleine Schwester ein Wechselbalg wäre, warum sollte sie denn Skyr auf den Boden kippen und in den Wäschekorb klettern?«

»Na, damit ihr denkt, ich war es! Das Baby hat auch die Waschmaschine und den Herd kaputt gemacht und die Schrauben am Skateboard gelockert, damit Helge stürzt und sich verletzt. Immer, wenn wir nicht hinsehen, klettert es aus der Wiege und stellt etwas an. Die Dunklen wollen uns schaden, Unfrieden stiften und uns auseinanderbringen.«

Papa betrachtete sie sehr besorgt. »Fina, jetzt hör mir mal genau zu. Viele Menschen in Island glauben noch fest an das verborgene Volk – das Huldufólk, wie es in unseren Märchen heißt. Die Geschichten über diese Naturwesen sind Teil unserer Kultur – so wie die Weihnachtskerle, die Trolle und die Riesen, die zu Stein erstarren, wenn ein Sonnenstrahl sie trifft. Aber man darf sich nicht zu sehr in diese Welten hineinsteigern. Sonst kann es passieren, dass man im Kopf ganz durcheinanderkommt wie deine arme Amma …«

»Amma war aber nicht verrückt!«, stieß Fina hervor.

Ihr Vater kniff die Lippen zusammen und runzelte die Stirn. Das kannte Fina: So sah er immer aus, wenn er mit ihren Brüdern langsam die Geduld verlor. »Erinnerst du dich an die Dame mit der Landkarte? Letztes Jahr, als wir das Baugrundstück kaufen wollten, hat sie geprüft, ob wir hier unbesorgt bauen können. Das war eine Elfen-Expertin, und sie hat gesagt, dass der Felsen unter unserem Haus nicht bewohnt ist ...«

»Dann hatte sie eben eine falsche Karte«, beharrte Fina. »Das Baby hat mich angestarrt – und es hat ganz alte Augen ...«

»Um Himmels willen, es reicht! Alfa wurde nicht vertauscht!«

Fina biss sich so fest auf die Unterlippe, dass es wehtat. Doch um keinen Preis hätte sie Papa nun gezeigt, dass sie vor Enttäuschung am liebsten geheult hätte.

»Entschuldige, ich wollte dich nicht anschreien«, murmelte Papa. »Aber ich verspreche dir, dass Alfa nur ein kleines hilfloses Baby ist, das Bauchweh hat und deshalb so viel schreit. Und außerdem hat sie keine alten Augen, sondern blaue Augen wie alle Babys, bevor sie ihre richtige Augenfarbe bekommen. Manche Babys sehen anfangs noch aus wie kleine Greise oder Kobolde, doch das gibt sich bald. In ein paar Wochen wirst du deine süße kleine Schwester nie wieder hergeben wollen.«

Dazu hätte Fina so einiges sagen können, aber sie

brachte kein Wort heraus. In ihrem Bauch brummte ein ganzer Hummelschwarm vor Empörung und hilfloser Wut, während Papa aufstand und müde aus ihrem Zimmer schlurfte.

»Amma hatte recht«, flüsterte sie dann Skyrgámur zu. »Keiner außer uns sieht sie. Und niemand glaubt uns.« Der kleine Troll schien sie bedauernd anzusehen und jetzt heulte sie doch ein bisschen. Aber sie wäre nicht Fina der Schneefuchs, wenn sie zulassen würde, dass die Dunklen ihre richtige Schwester für immer gefangen halten würden. Mit zittrigen Fingern tastete sie nach dem kleinen, harten Gegenstand, den Amma unter Skyrgámurs Wolljacke eingenäht hatte.

»Hat sie es endlich zugegeben?«, hörte sie Tante Híldur draußen im Flur sagen.

»Lass es gut sein, Híldur«, erwiderte Papa müde.

»Es gut sein lassen? Eure Tochter ist eifersüchtig auf ihre kleine Schwester. Gefährlich eifersüchtig. Das arme Würmchen hätte im Wäschekorb ersticken können und es ist nur eine Frage der Zeit, bis noch etwas Schlimmeres passiert ...«

»Fina würde ihrer Schwester nie etwas antun!« Das war Mamas Stimme. Fina hatte gar nicht gehört, wie ihre

Mutter die Treppe heruntergekommen war. Oben im Elternschlafzimmer brüllte das Baby wieder los, obwohl Eric versuchte, es zu beruhigen.

»Karen«, rief Tante Híldur. »Du sollst doch im Bett bleiben und dich ausruhen.«

»Das werde ich«, gab Mama zur Antwort. »Sobald du deine Sachen gepackt hast.«

»D... du willst, dass ich nach Hause gehe?«, fragte Híldur ungläubig. »Aber ... aber ich will doch nur das Beste für eure Familie ...«

»Genau das will ich auch«, gab Mama zurück. »Aber meine Familie habe ich in letzter Zeit sehr vernachlässigt, kein Wunder, dass Fina sich allein fühlt und auf seltsame Ideen kommt. Wir brauchen ganz dringend Zeit für uns alleine.«

Híldur verließ am Sonntagmorgen das Haus. Kaum war das Taxi um die Ecke verschwunden, begannen Eric und Helge wie verrückt im Wohnzimmer herumzutanzen und ein schauriges Freudengeheul auszustoßen. Natürlich hatten sie keine Chance, das Geplärr aus der Wiege zu übertönen. Doch sogar Mama lächelte, bevor sie Finas Brüder in die Küche schickte, um den Frühstückstisch abzuräumen. Dann hob sie Alfa aus der Wiege und gab ihr ein Fläschchen. Fina atmete auf, als das Baby verstummte und gierig zu trinken begann. »Keine Sorge, wir werden nicht mehr über den Vorfall mit dem Wäschekorb reden«, sagte Mama leise. »Und du sollst wissen, dass wir dir nicht böse sind. Alles wird gut. Denn ab jetzt werden wir wieder eine richtige Familie sein.« Sie achtete nicht darauf, dass Alfa an ihren Haaren zupfte, um auf sich aufmerksam zu machen, sondern schaute endlich einmal nur Fina an. Und bei ihrem Lächeln, das eine Entschuldigung und ein Versprechen zugleich war, wurde Fina ganz warm ums Herz. *Ja, wir werden wieder eine Familie sein,* dachte sie.

Aber erst musste Elfenblut fließen.

Sie schluckte und ging mit weichen Knien zur Tür. Als würde ihr dort gerade noch etwas einfallen, drehte sie sich noch einmal um. »Wo ist eigentlich der Schlüssel für die Dachkammer, Mama?«

»Was willst du denn dort?«

»Ich ... muss etwas basteln.«

»Kannst du das nicht in deinem Zimmer?«

»Nein, es ... ist streng geheim, auch Eric und Helge dürfen es nicht sehen.«

Nun glaubte sie, ein interessiertes Funkeln in Alfas Augen zu bemerken. Ammas Rat schien zu funktionieren. *»Willst du einen von ihnen in die Falle locken, wecke seine Neugier.«*

»Gibst du mir wenigstens einen kleinen Hinweis, was du planst?«, fragte ihre Mutter.

Fina hoffte, dass sie glaubwürdig genug herumdruckste. »Also ... äh ... so etwas wie eine Überraschung für Alfa. Aber du musst versprechen, dass du es nicht weitersagst und bis morgen auch nicht unters Dach gehst!«

»Für Alfa?« Mamas Augen begannen vor Freude zu strahlen. »Natürlich, Liebes, versprochen! Der Schlüssel liegt im Schlafzimmer in meiner Schmuckschatulle.«

»Danke!« Fina sah das Baby nicht an, aber während sie in den Flur ging, spürte sie, wie sein blassblauer Blick sich wie ein kalter, knochiger Finger in ihren Rücken bohrte.

Bei Tageslicht einen Plan zu schmieden, war etwas ganz anderes, als nachts hinter der Dachbodentür zwischen zwei mit einer Decke verhängten Kisten darauf zu warten, dass es im Haus ruhig wurde. Und in dieser Nacht, da war sich Fina sicher, würde Alfa Ruhe geben. Schließlich sollten die Menschen im Haus fest genug schlafen, um nichts zu bemerken. Fina lächelte grimmig und tastete nach Ammas Geschenk. Vorsichtig hatte sie die Naht unter Skyrgámurs kleiner Wolljacke aufgetrennt – und da hatte sie es gefunden, versteckt in Skyrgámurs mit Watte ausgestopfter Brust, genau, wie Amma gesagt hatte. In einen kleinen Lederlappen gewickelt wartete das winzige Ding darauf, Elfenblut zu schmecken. Über das glatte Holz zu streichen, jagte Fina einen Schauer über den Rücken. *»Gefährliche Ereignisse erfordern mutige Maßnahmen«*, hörte sie Amma hinter ihrem Vorhang aus weißem Haar murmeln. Aber bestimmt hatte Amma damit mutigere Menschen als Fina gemeint. Ihr Herz pochte so laut, dass sie sicher war, jeder im Haus würde es hören. Skyrgámur hielt unten in ihrem Zimmer die Stellung. Alles musste so sein wie immer. Fina hatte ihre Bettdecke so hergerichtet, dass es aussah, als hätte sie sich schlafend darunter zusammengerollt – und der Troll lag wie jede Nacht neben ihrem Kopfkissen. Den Schlüssel zum Dachboden hatte Fina extra ungeschickt in der Kiste mit ihren Büchern versteckt, Alfa würde ihn ohne Mühe finden. Und die Tür zum Dachboden hatte sie von innen mit dem Drehknauf verschlossen, damit es so aussah, als hätte jemand die Tür zugesperrt.

Fina horchte auf. Unten im ersten Stock hatte das Baby aufgehört zu schreien. Bald darauf rauschte Wasser im Badezimmer und sie glaubte, die Stimme ihres Vaters zu hören. Erst nachdem völlige Ruhe eingekehrt war, wagte es Fina, zu dem Lichtschalter ihrer alten Kinderlampe zu greifen. Mit einem Klick wurde es auch unter der Decke heller, bunte Schatten bewegten sich. Der Lampenschirm drehte sich und erweckte den Eindruck, als würden Zirkustiere aus farbigen Lichtflecken über die Wände huschen. Alles war bereit.

Fina wusste nicht, wie viel Zeit vergangen war, als sie hochschreckte. In ihrem Versteck war es heiß geworden und ihre Beine waren eingeschlafen. War sie etwa weggedöst? Doch nun war sie hellwach und musste die Hand auf den Mund drücken, um keinen Laut von sich zu geben. *Dump ... dump ... dump ...*, tönte es bedrohlich dumpf von draußen – kleine speckige Babyknie auf Treppendielen. Das Ding kroch auf allen vieren Stufe für Stufe zum Dachboden hoch!

Fina legte sich auf den Bauch, sodass sie unter dem Spalt zwischen der Wolldecke und den Dielen hervorspähen konnte. Im ersten Moment blendeten sie die bunten Lichter, doch dann erkannte sie den unteren Rand der Tür. Draußen wurde ein kleiner Hocker herangeschoben, kurz darauf drehte sich der Schlüssel im Schloss. Mit leisem Knarren schwang die Tür auf und etwas plumpste auf den Boden. Durch den Spalt erkannte Fina nur zwei winzige Hände, die auf den Boden patschten, als das Wesen in den Raum krabbelte. Sie hörte ein überraschtes Glucksen, das wohl den bunten Lichtern galt. Sie schienen der Elfe zu gefallen. Fina schob sich näher an den Boden und linste unter der Decke hervor in den Raum. Und jedes Härchen an ihren Armen sträubte sich zu einer Gänsehaut. Die Babyhände ballten sich zu Fäustchen und öffneten sich wieder, entfalteten sich wie knochenfahle Blüten. Knotige Finger, dürr wie Spinnenbeine, streckten sich knackend. Mit einem Ächzen erhob sich das Wesen auf zwei Beine. Atemlos starrte Fina auf die Füße, die wie Bündel verdorrter Wurzeln wirkten. Hornige Sohlen schleiften über die Dielen, als das Wechselbalg auf die hübsch verpackte Kiste zuschlurfte, die inmitten von Finas Malzeug und Stiften auf dem Boden stand. Das Wesen brabbelte und kicherte vor sich hin – und legte dann zu Finas Erstaunen einen wohlbekannten Gegenstand zwischen ihre Malsachen. Erics verschwundene Computermaus! Na klar, es sollte morgen so aussehen, als hätte Fina sie doch gestohlen. Fina presste empört die Lippen zusammen.

Das Wesen wandte sich nun der Kiste zu. Das silberne Geschenkband schien ihm zu gefallen. Kein Wunder, Elfen mochten glitzernde Sachen und Silber, aber das Ding war nicht hier, um Finas Schätze zu bewundern. Ein scharfes Ratschen ertönte, als es das rosa glitzernde Geschenkpapier einfach von der Kiste fetzte. Fina hob die Decke mit zitternden Händen vorsichtig an. Nun sah sie die ganze Elfe von hinten, ein koboldartiges, dürres Ding in einem Baby-Body, aus dem spitze Schultern und ein faltiger Hals hervorragten. Aufrecht stehend ging es Fina höchstens bis über das Knie. Vielleicht war es das, was ihr nun den Mut gab, sich lautlos unter der Decke hervor nach draußen zu schieben. Das Ding kicherte boshaft vor sich hin, Fetzen von Geschenkpapier flogen nach allen Seiten. Wahrscheinlich stellte es sich gerade vor, wie Fina ihre Brüder verdächtigen würde, ihre Überraschung zerstört zu haben. *Na warte*, dachte Fina grimmig. *Gleich vergeht dir das Kichern!* Das Wesen öffnete die Kiste und stieß ein weiteres erfreutes Glucksen aus. Fina nahm den Vanilleduft der Plätzchen wahr, die sie in der Kiste deponiert hatte. Elfen waren gefräßig und gierig. Und diese hier war keine Ausnahme. Im selben Moment, als sich das Wesen zwei Hände voll Plätzchen in den Schlund stopfte, schnappte sich Fina die Decke und warf sie wie ein Fangnetz über das diebische Ding. Dann packte sie mit aller Kraft zu. Ein hässliches Fauchen erklang, während sie gegen das zappelnde und fuchtelnde Bündel kämpfte. Doch Fina ließ nicht los, auch dann nicht, als sie beide auf dem Boden landeten und eine kleine knochige Faust sie schmerzhaft fest an der Stirn traf. Fina zuckte zusammen, aber es gelang ihr, das tretende Bündel zu dem alten Spiegel zu schleppen, den sie vorhin flach auf den Boden gelegt hatte. Im bunten Licht sah sie sich darin über der Spiegelfläche knien: ein Mädchen mit wild aufgerissenen Augen. Das war allerdings nichts gegen das, was nun wütend die Decke wegstrampelte. Im Spiegelbild erschien ein uraltes winziges Gesicht. Zornige, glühende Augen starrten Fina empört an. Schmale Lippen verzogen sich und spuckten einen Schwall knarrender Flüche in einer fremden Sprache aus. Unerbittlich hielt Fina das Ding im Schwitzkasten direkt über den Spiegel.

»Ich weiß, was du bist«, keuchte sie. »Und ich sorge dafür, dass alle es sehen können.« Damit drückte sie die kleine hölzerne Nadel aus Eschenholz in die Schulter der Elfe.

Fina sah, wie sich ein grüner Blutstropfen von der Haut löste, fühlte, wie das Wesen immer wilder um sich trat, als es verstand, was sie vorhatte. Fina lächelte grimmig.

Ein Tropfen Elfenblut auf dem Spiegelbild bricht den Bann, wisperte irgendwo Ammas Stimme. *Wenn man die Augen wieder öffnet, ist das Wechselbalg fort und das richtige Baby ist zurückgekehrt.*

Nur hatte Amma ihr nicht erzählt, dass Elfen solche Laute ausstoßen konnten. Das Ding in ihren Armen schrie mit einem Mal so schrill und laut, dass Finas Ohren schmerzten. Ein Sirren und Klirren erklang, als der Spiegel zersprang und zu schimmerndem Sand zerfiel, der wie von Sturmwind getrieben davonwirbelte. Der grüne Blutstropfen kam nur noch auf den hölzernen Dielen auf und versickerte in einer Ritze. Das Wechselbalg nutzte Finas Überraschung und wand sich blitzschnell aus ihren Armen. Ein hämisches gackerndes Lachen traf sie wie eine Ohrfeige, dann witschte das Ding zur Tür. Fina erwischte es gerade noch am Ärmel, bevor es zum Elternschlafzimmer fliehen konnte, und riss es mit aller Kraft zurück ins Dachzimmer. Doch nun schlüpfte das Wesen aus dem Baby-Body und huschte zum Giebelfenster. Es hopste auf das Fensterbrett und riss das Fenster auf. *Es haut ab!*, begriff

Fina. *Und wenn es weg ist, bekommen wir die richtige Alfa nie wieder zurück.* Wie ein Fußballtorwart hechtete sie dem flinken Biest hinterher – und erwischte es mitten im Sprung. Schmerzhaft hart prallte sie mit den Rippen gegen das Fensterbrett, aber sie umklammerte mit beiden Händen einen Fuß des Wechselbalgs. »Du gibst mir jetzt sofort meine richtige Schwester zurück!«, zischte Fina. Doch das alte Gesicht wandte sich ihr zu – und verzog sich zu einer triumphierenden Grimasse. Dann riss das Ding den kleinen grauen Mund auf und begann mit Babystimme jämmerlich zu plärren.

»Fina! Was tust du da?« Um ein Haar hätte Fina die Elfe vor Schreck losgelassen, aber komischerweise wehrte sich das Wesen in ihrem Griff gar nicht mehr. Es wurde ganz schlaff und schwer, schrumpfte irgendwie zu etwas Weichem, Kleinerem.

»Oh Gott, lass sie bitte nicht fallen!«, hörte sie ihre Mutter voller Entsetzen rufen. Dann war ihr Vater schon bei ihr und riss ihr das Ding, das sie immer noch kopfüber aus dem Fenster baumeln ließ, aus den Händen. Nur, dass es kein knorriges Etwas mit einem alten Gesicht mehr war. Mama stürzte herbei und presste die Elfe schluchzend an sich, als hielte sie ein echtes Baby. Und als Fina sah, wie ihre beiden Brüder sie totenblass und mit weit aufgerissenen Augen anstarrten, als sei sie hier das Ungeheuer, wurde ihr klar, wer hier in Wirklichkeit wen in die Falle gelockt hatte.

Fina wusste nicht mehr, wie oft sie dem Psychologen die ganze Geschichte schon erzählt hatte. Immer und immer wieder fragte er sie nach denselben Dingen, als hätte er vergessen, dass sie ihm erst gestern alles schon erklärt hatte. Sie hatte Zeichnungen gemacht vom wahren Gesicht des Wechselbalgs und sich Mühe gegeben, die knotigen Hände und Wurzelfüße genau darzustellen. Aber statt ihr endlich zu glauben, runzelte der Psychologe nur die Stirn und kritzelte fremdartige, lange Worte auf einen Block, auf dem oben das Zeichen der Klinik prangte. Immer, wenn sie wissen wollte, wann sie endlich nach Hause durfte, lächelte er auf eine komische Art und erklärte ihr, es sei auch für sie das Beste, wenn sie eine Weile bei ihrer Tante Híldur wohnte, nur wenige Straßen von der Klinik entfernt.

»Es ist nur für ein paar Wochen«, sagte Papa, als sie zu Hause ihre Sachen holte.

Ihre Brüder waren auffällig nett zu ihr und halfen ihr sogar dabei, ihre Reisetasche zu packen. Aber Fina nahm ganz genau wahr, wie Erics bemühtes Lächeln verschwand, sobald sie nicht hinschaute. Und in der Spiegelung der Fensterscheibe sah sie, wie Helge sie scheu und ungläubig musterte. Skyrgámur war spurlos verschwunden. Fina wusste genau, dass diesmal weder Helge noch Eric die Übeltäter waren.

»Bald bist du wieder gesund und kommst nach Hause«, tröstete ihre Mutter sie. »Und bis dahin besuchen wir dich bei Tante Híldur, sooft es geht.« Doch als hätte Fina auf dem Dachboden zum ersten Mal wirklich sehen gelernt, bemerkte sie sehr wohl, wie fahrig und zittrig ihre Mutter war, als sie sie zum Abschied umarmte. Und kaum hatte sie Fina losgelassen, schaute sie schon wieder ängstlich zum Kinderwagen, der ein ganzes Stück vom Haus entfernt im Vorgarten stand, so, als wollte Mama das Baby so weit weg von Fina wie möglich wissen. Jetzt musste Fina doch schwer schlucken.

»Komm, Tante Híldur wartet sicher schon«, sagte Papa und rang sich ein ermutigendes Lächeln ab. Fina ballte ihre Hände zu Fäusten, aber sie nickte und kroch gehorsam auf den Rücksitz des Autos. Wenn sie die richtige Alfa zurückholen wollte, durfte sie sich nichts anmerken lassen. Und das nächste Mal würde sie es schlauer anstellen.

Auf dem Rücksitz kniete sie sich hin und sah aus dem Fenster, während das Auto flüsternd über den Lavaschotter glitt. Ihre Mutter und ihre Brüder standen in der Auffahrt und schauten ihr besorgt nach. Und unbemerkt von allen setzte sich im Kinderwagen eine Gestalt in Babykleidung auf. Eine kleine, knorrige Hand mit dürren Fingern hob sich und winkte Fina hämisch nach.

Die letzte Geschichte

Vielleicht spielt es ja gar keine Rolle, wann es genau passiert ist. Aber gestern habe ich nachgerechnet und festgestellt, dass sich meine Zeit in die Zeit vor unserem Ausflug in den Wald und die Zeit danach aufteilt.

Aokigahara – Das Meer aus Bäumen, so heißt das dschungelartige Waldgebiet am Fuß des berühmten Vulkanberges Fuji San. Hinter vorgehaltener Hand bezeichnen die Menschen ihn als Wald der Selbstmörder. Shiro nannte ihn mit funkelnden Augen Dämonenwald. »Er ist voller Geister«, das erzählte sie mir und ihrem Cousin Aki vor vier Tagen. Wir waren nach der Schule nicht zu McDonald's gegangen, wo wir sonst oft unsere Hausaufgaben machten. Es war der letzte Schultag vor den Sommerferien und wir schlenderten lieber durch den Technik-Distrikt Tokios. In der Spiegelung der Schaufensterscheiben sah ich mich selbst in meiner schwarzen Schuluniform. Die Metallknöpfe, die sich auf meiner Brust aufreihten, glänzten im Licht der Neonwerbung. Im bunten Blinken der Reklametafeln und neben den Postern von Manga-Helden in den Schaufenstern erschien mir das Spiegelbild dieses blassen, dünnen Jungen wie ein fremdes Ich. Shiro blieb vor einem Handy-Laden stehen und löste ihren straff geflochtenen Schulmädchenzopf. Ungeduldig schüttelte sie ihr Haar, bis es ihr über die Bluse mit dem Matrosenkragen zum Bund ihres Faltenrocks fiel. Ich erinnere mich, wie ich in diesem Moment dachte, dass sie in ihrer Schuluniform wie eine dunklere Version der Manga-Mädchenkriegerin Sailor Moon wirkte. Einige ältere Studenten, die vor dem Laden standen, starrten sie unverhohlen an. Ich warf ihnen einen finsteren Blick zu, über den sie nur grinsten. Ja, ich bin nicht sehr beeindruckend. Viele halten mich auf den ersten Blick für vierzehn und nicht für siebzehn. Erst als Aki sich ihnen zuwandte und drohend die Arme verschränkte, hörten sie schlagartig auf zu grinsen und trollten sich in den Laden. Ja, mit Aki legt man sich besser nicht an. Er überragt mich und seine Cousine um zwei Köpfe, er hat Muskeln wie ein Bodyguard und Schultern, doppelt so breit wie meine.

Während wir weiterschlenderten, knöpfte ich meine Jacke auf und atmete durch. Unter der Uniform trug ich mein Lieblings-T-Shirt.

Genau dieses T-Shirt habe ich heute aus der Schmutzwäsche gezogen und wieder angezogen, so, als könnte es mich wie ein Talisman vor der Angst beschützen und dem Grauen, das mich gerade heimsucht. Diesmal ist es an meiner Zimmertür. Noch übertönt das Kratzen des Stifts auf Papier meine Ahnungen, aber meine Hand zittert schon wieder so stark, dass meine Schrift unleserlich wird. Ich muss mich zusammenreißen. Muss mich genau daran erinnern, was Shiro vor vier Tagen noch über den Wald gesagt hat!

»In der Gegend erzählt man sich, dass früher arme Familien ihre Ältesten im Winter in dem Wald aussetzten, weil es nicht genug zu essen gab.«

Ja, das waren ihre Worte gewesen.

»Stellt euch vor: Die Alten mussten erfrieren, damit die Kinder den Winter überleben konnten. Doch von Jahr zu Jahr werden die Geister dieser Toten wütender und mächtiger. Sie sind es, die heute Menschen in den Wald locken und dazu verführen, dort Selbstmord zu begehen.«

Aki schnaubte gelangweilt. »Klingt nach einer Gruselgeschichte für Touristen.«

»Ach ja?«, schnappte Shiro. »Und warum haben sich dann schon mehr als sechstausend Leute im Dämonenwald umgebracht? Und das sind nur diejenigen, die von den Suchtrupps tatsächlich gefunden wurden. Unzählige Leute werden noch vermisst.«

Mir lief ein Frösteln über den Rücken. Aber natürlich hätte ich das nie zugegeben, schon gar nicht vor Shiro.

»Für die Verschollenen werden Grabsteine aufgestellt, diesen Ort nennt man den Friedhof der Verlorenen«, sprudelte sie weiter. »Wir könnten hinfahren und Fotos machen!«

Aki rollte nur mit den Augen. »Was sagst du, Taro?«, wandte er sich an mich.

Ich ließ mir Zeit mit meiner Antwort. In unserem Trio hat jeder seine Rolle. Shiro ist die übermütige Katze, die für alles schnell entflammt und tausend Launen und Gesichter hat. Aki ist der Bär, stark, furchtlos, aber nicht leicht zu beeindrucken. Ich bin der Fuchs. Der coole Künstler und sarkastische Zweifler, derjenige, der genau beobachtet und vorausdenkt. Ich zuckte mit den Schultern. »Wir haben keine Zeit für Ausflüge. Schon vergessen, dass wir übermorgen ins Bootcamp müssen und …«

»Dann fahren wir eben morgen!«, schnitt mir Shiro

ungewohnt heftig das Wort ab. »Komm schon, Taro, diesen einen letzten Tag dürfen wir nicht verschenken. Mit dem Fernbus sind wir in zwei Stunden am Fuji. Die Wanderung zum Friedhof und zurück ist an einem Tag gut zu schaffen. Und abends sind wir wieder hier.«

Sie hakte sich bei mir unter und zog mich in die nächste Straße, hinein in ein neues Meer aus Lichtern und Piepstönen und Werbejingles aus hundert Läden.

»Diesen einen letzten Tag ...« Keiner von uns sprach aus, was das bedeutete. Aki überspielte die unbehagliche Pause schließlich mit einem freundschaftlichen Stoß in meine Seite, der mich stolpern ließ. »Was machst du für ein Gesicht, Otaku? Hast du etwa Angst vor Bäumen?«

Das entlockte mir nun doch ein Lächeln. Als Otaku bezeichnet man Nerds, die sich in Mangas und Computerspiele vergraben. Meinen Eltern macht das Sorgen. Aber wenn meine Freunde mich so nennen, ist es nie eine Beleidigung.

»Von mir aus ... dann fahren wir eben.« Ich sagte es lässig, als wäre es nichts Besonderes. Als läge vor uns ein langer, schimmernder Sommer voller Möglichkeiten. Aber in diesem Jahr würden wir keine Ferien haben. Übermorgen begann der Unterricht in den privaten »Paukschulen«. Wir sind siebzehn, in wenigen Monaten endet unsere Schulzeit.

Doch an den Universitäten gibt es nur wenige Plätze. Nur die Besten haben eine Chance, dort angenommen zu werden. Deshalb mussten wir die ganzen Ferien über für die Aufnahmeprüfungen lernen – Shiro und Aki an einer teuren Elite-Privatschule, ich dagegen an einem deutlich billigeren Institut in der Vorstadt.

Aber meine Eltern setzen ihre ganze Hoffnung darauf, dass ich es so auf eine Universität schaffen kann. Dafür arbeiten sie Tag und Nacht und opfern alles, was sie haben. Und viel haben sie nicht.

Mein Vater ist kein Salaryman mit einem sicheren Arbeitsplatz – so wie Shiros Vater. Und er besitzt auch kein Business-Hotel in Tokio wie Akis reiche Familie. Er ist Lagerarbeiter. Um die Paukschule für mich zu bezahlen, musste er sich sogar Geld von Verwandten leihen und schiebt noch Aushilfsschichten in einem Supermarkt. Auch meine Mutter, Verkäuferin im Fischmarkt, räumt nachts noch in Läden Regale ein. Meine Eltern beklagen sich nicht, aber wenn sie mich beim Essen müde betrachten, spüre ich die Last ihrer Hoffnungen auf meinen Schultern. Besonders schwer wiegt die Last jetzt, wenn ich über meinen Büchern sitze, lernen müsste und doch keinen klaren Gedanken fassen kann. Stattdessen schreibe ich auf die Rückseiten meiner Manga-Skizzen, ich schreibe und schreibe, um nicht verrückt zu werden. Es ist drei Uhr morgens, mein Vater wird gleich von der Nachtschicht nach Hause kommen und versuchen, noch ein paar Stunden zu schlafen, bis er zur Tagschicht ins Lager muss. Ich lausche und bilde mir ein, durch die dünne Wand hindurch sogar das Seufzen meiner Mutter zu vernehmen, die sich im Bett herumwälzt. Wenigstens ist im Moment das gierige Kratzen an meiner Zimmertür nicht zu hören.

Was aber, wie ich in den vergangenen Tagen lernen musste, nur ein trügerischer Friede ist.

Wir konnten erst am Nachmittag losfahren. Es war ein Wunder, dass meine Eltern mich überhaupt gehen ließen. Trotzdem hatte es Streit mit meiner Mutter gegeben.

Aber weder Shiro noch Aki ließen mich spüren, dass ich der Grund war, warum wir den Friedhof der Verlorenen nicht sehen würden. »Immerhin haben wir eineinhalb Stunden«, sagte Shiro leichthin, bevor wir in den Bus stiegen. »Genug Zeit für einen Waldspaziergang.« Als ich ihr in den stickigen, sommerheißen Bus folgte, starrten mich die Fahrgäste irritiert an. Auf meinem Shirt prangte der rotäugige Manga-Held Demon eyes Kyo. Und dank meiner gefärbten Kontaktlinsen hatte ich seine Dämonenaugen. Shiro lächelte mir über die Schulter verschmitzt zu. Und wie immer hätte ich sie am liebsten gezeichnet. Nicht als Mädchen mit Sneakers und glitzerbunt bestickter Jacke, sondern in der Gestalt, die sie in meinen Zeichnungen hat: eine kämpferische Prinzessin aus der Edo-Zeit vor vielen Hundert Jahren. Sie ist schön und klar wie der Mond – mit einer Haut so hell wie Kirschblüten und zarten Händen, die zwei Dolche aus den Ärmeln ihres schwarzen Kimonos ziehen.

Meine Augen brennen, als ich jetzt meine neuesten Zeichnungen betrachte. Zwei davon habe ich an der Zimmertür aufgehängt, gleich neben den Bannsprüchen gegen böse Geister, die ich im Internet gefunden habe. Auf meiner Zeichnung lacht Prinzessin Shiro mich an. Ihr offenes Haar weht im Sturmwind vor einem blutroten Mond. Vielleicht werde ich ja verrückt, aber ich könnte schwören, dass sie ihre Lippen bewegt und die spöttischen Worte flüstert, die sie mir im Bus zugeraunt hat. »Hör auf zu träumen, Taro!«

Ich weiß nicht, wie ich mir einen Dämonenwald vorgestellt hatte. Sicher nicht als Freizeitpark für Rucksack-Touristen aus Europa. Eine ganze Gruppe mit schwitzenden, roten Gesichtern drängte sich vor uns aus dem Bus. Auf dem Parkplatz drehten sie sich wie plumpe, torkelnde Bären um die eigene Achse, während sie sich selbst mit ihren Smartphones filmten. Wir drei ließen den Abstand größer werden, bis wir nur noch ihr fernes Lachen hörten. Dann verschluckte der dichte Wald auch dieses Geräusch und ließ uns mit dem Wind und dem Rauschen von Blättern zurück. An der ersten Wegkreuzung stießen wir auf ein braunes Schild.

Dein Leben ist ein wertvolles
Geschenk deiner Eltern.
Denke an sie und den Rest
deiner Familie.
Du musst nicht alleine leiden,
ruf uns an!

Darunter stand eine Telefonnummer. Shiro rieb sich unbehaglich die Arme. »Das soll wohl die Leute umstimmen, die herkommen, um sich umzubringen.«

»Ja, alle, die durch die Aufnahmeprüfungen fallen«, erwiderte Aki. Shiro und ich grinsten zwar schief, als wäre das nur einer von Akis Witzen. Aber als wir weitergingen, warf Shiro mir einen scheuen Seitenblick zu. »Was, wenn wir es wirklich nicht schaffen?«, fragte sie leise.

»Das sagt ja die Richtige!«, gab ich spöttisch zurück. »Du bist doch diejenige von uns, die sich überhaupt keine Sorgen machen muss.« Ich grinste und zwinkerte ihr zu, aber plötzlich musste ich an die fahle Haut und müden Augen meiner Eltern denken.

»Was sollen denn die langen Gesichter?«, spottete Aki. »Habt ihr etwa Angst? Kommt, wir werden schon nicht über eine Leiche stolpern.«

Am Anfang hatten wir noch gescherzt und laut geredet, während wir den erdschweren schwarzen Pfaden folgten, die tief in den Dschungel führten. Aki brach bärengleich durch das Gestrüpp aus Zweigen, die beim Zurückfedern wie Peitschen nach Shiro und mir schlugen. Die Luft roch nach moderndem Laub und nasser Erde. Die schwüle Hitze des Sommernachmittags nahm uns den Atem. Und bald hörte sogar Aki auf zu feixen und begann zu flüstern. Ich hatte nicht gewusst, dass ein Wald so still sein kann. Die Stämme standen dicht an dicht, nur vereinzelte Sonnenstrahlen drangen im Halbdunkel durch das Laubwerk. Ohne die Orientierungsbänder aus Plastik hätten wir uns im Meer der Bäume hoffnungslos verloren. Ich schauderte beim Anblick von moosbewachsenen Wurzeln, die wie Hände aus dem Erdreich ragten. Mein Herz raste los, sobald ich an einem Baum etwas hängen sah, was sich dann zum Glück doch nur wieder als Gewirr vertrockneter Misteln oder alter Lumpen entpuppte.

»Da oben ist ein schöner Platz«, flüsterte Shiro und deutete bergauf. Ein Sonnenstrahl brachte auf einem Hügel ein smaragdgrünes Moospolster zum Glühen. Shiro kletterte voran und sprang als Erste hinauf. Aus ihrem Rucksack zog sie einen weißen Kimono.

»Was hat sie denn jetzt schon wieder vor?«, knurrte Aki. Als wir zu Shiro aufgeholt hatten, war sie schon in den Kimono geschlüpft und holte weißen Puder und einen Taschenspiegel aus dem Rucksack.

Etwas huschte in meinem Augenwinkel vorbei, doch als ich herumfuhr, war da nichts als Schatten. Aber war da nicht eben noch ein Glänzen von Augen gewesen? Oder waren das nur Lichtreflexe, die Shiros Spiegel zwischen den Blättern tanzen ließ?

Ich wünschte, ich wüsste es.

Doch während ich zu Shiro sprang, als wäre das Mooslicht eine rettende Insel, spürte ich einen kalten Hauch im Genick. Daran erinnere ich mich genau.

»Ich dachte, du hättest nur einen Witz gemacht, als du sagtest, du nimmst Tante Chos alten Beerdigungskimono mit«, sagte Aki zu Shiro.

Sie hatte uns den Rücken zugekehrt. Puderstaub flirrte in der Luft. Shiro schüttelte ihr Haar und zerzauste es mit

den Händen. Und als sie sich umdrehte, machte mein Herz einen Satz und begann so heftig zu hämmern, dass ich sicher war, das Echo müsste im Wald widerhallen. Vor uns stand nicht länger Shiro, sondern ein **Yūrei**, ein Rachegeist aus den Zeiten der Samurai, in ein weißes Totengewand gehüllt, mit leichenblassem Gesicht und umschatteten Augen, die uns zwischen wirren schwarzen Haarsträhnen drohend anfunkelten. Ich lernte in diesem Moment, dass es einen Unterschied zwischen Stille und Totenstille gibt. Und zu meiner Überraschung schnappte auch der furchtlose Aki erschrocken nach Luft. »Spinnst du? Damit spaßt man nicht, Shiro! Willst du dich über die Toten lustig machen?«

Die Geisterfrau grinste und strich sich das Haar hinter die Ohren, wurde wieder zu Shiro mit weißem Puder im Gesicht. »Im Gegenteil – wir ehren die Toten, indem wir hier unser eigenes Obon-Fest feiern. Nur für uns drei.« Sie lächelte mir ein wenig schief zu. »In diesem Jahr kann Taro ja nicht dabei sein.«

Das stimmte. In diesem Jahr würde ich die Obon-Festtage bei Verwandten meines Vaters auf dem Land verbringen müssen. Das sei das Mindeste an Dank, das ich ihnen schulde, hatte mein Vater gesagt. Schließlich hatten sie zwei Ochsen und ein Motorrad verkauft, um uns das Geld für meine Paukschule leihen zu können.

Doch das fröhliche Obon-Seelenfest zu Ehren der Ahnengeister, das in ganz Japan im Sommer gefeiert wird, war seit jeher immer Shiros, Akis und mein besonderes Ritual gewesen – ein Abend voller Geschichten und Gänsehaut, magische Stunden, die uns noch mehr zusammenschweißten.

In früheren Jahrhunderten entzündete man in den Obon-Nächten hundert Kerzen und erzählte sich hundert Geistergeschichten.

In Akis Zimmer brannten zwar meist nur sieben Flammen, aber genau so, wie es der Brauch vorschreibt, löschten wir nach jeder Geschichte eine davon, bis es im Raum gruselig düster war. Doch niemals hatten wir gewagt, die letzte Geschichte zu erzählen und die letzte Kerze zu löschen, denn jedes Kind weiß, dass dann in der Dunkelheit ein böser Geist erscheint und etwas Schreckliches passiert.

»Ein Totenfest im Geisterwald?«, hörte ich mich in meiner betont lässigen Art sagen. »So etwas Verrücktes kann auch nur dir einfallen, Shiro. Coole Idee!«

Es war wirklich verrückt, aber in der folgenden Stunde vergaß ich sogar meine Eltern. Der Wald schien uns mit samtgrünen, weichen Armen zu umfangen. Noch jetzt höre ich unser Lachen und sehe Shiro vor mir. Sie badet in staubigen Sonnenstrahlen, während sie ein paar Schritte tanzt. Ihr Kimono wirbelt, sie ist eins mit dem Wald, ein Geistermädchen mit Rabenhaar und flinken Füßen, die das Moos kaum zu berühren scheinen. Akis Smartphone-Kamera klickt ungewöhnlich laut in der Stille. Später sitzen wir auf unseren Jacken im Moos, trinken Cola, essen kalte, klebrige Hamburger und Reisbällchen mit Fisch, die Aki mitgebracht hat. Wir teilen unser Essen mit den Geistern und sehen zu, wie sich die Ameisen auf diese Opfergaben stürzen. Shiro behauptet, das sei ein Zeichen, dass die Geister besänftigt sind. Flüsternd erzählen wir uns die Geschichten, die wir seit Kindertagen in- und auswendig kennen.

»... doch bei Vollmond kroch die ermordete Dienerin aus dem Brunnen, in dem einst ihre Leiche versteckt wurde«, raunt Aki mit Grabesstimme, »und suchte ihren Herrn, der sie damals hinrichten ließ ...«

Shiro verhüllt ihren Mund mit ihrem Ärmel und spricht mit der Stimme der Geisterfrau, die in nebligen Nächten vermummt auf der Straße herumirrt und Passanten fragt, ob sie schön sei. »... und als der Mann ihr antwortete, da riss die Frau den Stoff vor ihrem Gesicht herunter. Ihr Gesicht war eine entstellte Fratze, ihr Mund war bis zu den Ohren aufgeschlitzt ...«

»... *Teke Teke, Teke Teke*«, intoniere ich dumpf. »Der Junge hörte, wie das unheimliche Geräusch immer näher kam. Und als er unter der Bettdecke hervorspähte, erkannte er ... das Mädchen, das ihn durch das Fenster angestarrt hatte! Voller Grauen sah er nun, dass der untere Teil ihres Körpers fehlte. Nur auf ihren Händen schleppte sie sich vorwärts, genau auf sein Bett zu. *Teke Teke* – das war das Geräusch ihrer Fäuste, die auf den Boden trafen ...«

Shiro schrie leise auf. Wir schüttelten uns in gespieltem Entsetzen und lachten, bis wir keine Luft mehr bekamen.

Wir hatten keine Kerzen, die wir nach jeder Geschichte ausblasen konnten, aber der nahende Abend löschte Lichtstrahl um Lichtstrahl, bis wir plötzlich bemerkten, wie dunkel es schon war.

Shiro seufzte und stand auf. »Wir müssen zurück zum Bus.«

Aki fasste sie am Handgelenk und zog sie wieder auf das Moospolster. »Noch ein Abschiedsfoto!« Und dann lagen wir nebeneinander und schauten in die Kamera des Smartphones, das Aki vor unsere Gesichter hielt. Im Display sah ich, dass meine Kontaktlinsen in einem letzten Sonnenstrahl glutrot leuchteten, Aki zog eine schiefe Grimasse und Shiro hatte ihre Lippen zu einem übermütigen Kuss gespitzt.

Es war völlig verrückt, aber ich wünschte mir, dass wir einfach für immer hierbleiben könnten. Versteckt wie Wolfskinder im stillen Wald lebend, weit weg von Tokio und allem, was uns dort erwartete, für immer vereint. Ich wünschte es mir so sehr, dass es wehtat.

Denn plötzlich hatte ich Angst.

Angst, dass unsere Freundschaft in diesem Sommer enden würde. Nicht weil wir es wollten, sondern so, wie der Herbst in den Winter übergeht, schleichend, fast unbemerkt, aber unaufhaltsam.

Demon eyes Kyo heult nicht, schalt ich mich. *Reiß dich zusammen, Taro!*

Aber trotzdem brannten meine Augen und ...

Das Kratzen ist wieder da!

Jetzt kommt es aus dem Flur, streicht von außen an meiner Zimmerwand entlang, als wollte das Unsagbare mich daran erinnern, dass es immer noch auf meine Einladung wartet.

Shiro hatte im Wald als Erste etwas Ungewöhnliches bemerkt. Erschrocken fuhr sie hoch. »Da hinten in dem Schatten ... da ist jemand!«

Wir spähten und lauschten angespannt, aber nichts regte sich im Unterholz.

»Hier gibt es Tiere«, flüsterte Aki dann. »Das war nur ein Fuchs. Oder ein Vogel.«

»Und warum flüsterst du dann?«, wisperte Shiro mit banger Stimme.

»Weil es kein Fuchs war«, sagte ich. Meine gespielte Coolness war wie ein Sprung von einem Abgrund zurück in die Sicherheit einer Rolle, die mir Halt gab. Dann zog ich Idiot auch noch spöttisch den linken Mundwinkel hoch, deutete zu der schattigen Höhle zwischen zwei Bäumen und rief großspurig: »Komm raus, Teke Teke!«

Im Schatten knackte es. Aki und Shiro schrien wie die Kinder auf, packten mich an den Händen und zogen mich hoch. So schnell wir konnten, rafften wir unsere Sachen zusammen und rannten zurück zum Pfad, zum Schild, zur Busstation. Zurück in die Welt, die seitdem nicht mehr dieselbe ist.

Ich war froh, dass meine Eltern noch bei der Arbeit waren, als ich spätabends nach Hause kam. In meinem Zimmer warteten aufgestapelt die Bücher für die Paukschule. *Wenn Du schon den ganzen Tag verschwendet hast, lerne wenigstens noch vor dem Schlafengehen,* hatte meine Mutter auf einen Zettel geschrieben. *Du weißt, wie wichtig es ist, einen Vorsprung zu haben.*

Ich rollte meinen Futon auf dem Boden aus und legte mich darauf. Dann schloss ich die Augen und zog das T-Shirt über meine Nase, suchte nach einem letzten Hauch von Shiros Duft – dem weißen Geisterpuder, der viel zu süß nach Vanille roch.

In dieser Nacht träumte ich, dass ich ganz alleine durch den Wald wanderte. An jedem Baum hing eine leblose Gestalt und pendelte leicht hin und her. Im Raunen des Windes glaubte ich die Stimmen der Toten zu hören.

»Hör auf zu träumen, Taro.«

»Noch ein Abschiedsfoto.«

»Du musst nicht alleine leiden, ruf uns an!«

»Nein«, murmelte ich. Ich hätte schwören können, dass ich wach war, aber es musste immer noch ein Traum sein. Denn auf der Schwelle meiner offenen Zimmertür stand Shiro. Als wären wir noch im Wald, trug sie den weißen Kimono und lächelte mir zu. »Taro«, raunte sie. »Lass mich herein.« Und obwohl es ja nur Shiro war, begann mein Herz vor Angst zu rasen. Mit einem Keuchen fuhr ich hoch – und starrte blinzelnd auf meine geschlossene Zimmertür. Es war mitten in der Nacht. Niemand war hier.

Doch als ich mich wieder ins Bett sinken lassen wollte, hätte ich fast aufgeschrien.

In einer Ecke neben der Tür kauerte eine dürre Gestalt.

Ich erahnte nur einen wolkigen Umriss, einen Schatten im Schatten. Aber ich spürte, dass das Ding mich anstarrte.

Eine Sekunde später stand ich zitternd an der Wand, die Hand gegen den Lichtschalter gepresst. Das Licht stach in meine Augen und ließ mich blinzeln. Das Ding war verschwunden.

Ich musste es fast eine Minute klingeln lassen, bis Aki aufwachte.

»Aki, in meinem Zimmer war gerade jemand! So etwas wie eine Schattengestalt!«

Eine Pause entstand. Ich konnte mir vorstellen, was Aki dachte. Ich wusste, was ich an seiner Stelle gedacht hätte.

»Jetzt komm mal wieder runter, Taro«, brummte er dann. »Ich habe mir im Halbschlaf mal eingebildet, die Ladelampe meines Laptops sei ein grünes Auge.«

Ich schaute zur Ecke und kam mir plötzlich vor wie ein Idiot. Meine Mutter musste nachts in meinem Zimmer gewesen sein, als ich schon geschlafen hatte. Meine schwarze Schuluniform war fein säuberlich über die Lehne eines Stuhls gelegt worden, genau an der Stelle, an der ich die Gestalt im Schatten erahnt hatte. Ich machte das Licht aus und atmete erleichtert auf. Der Schatten war leer.

Das Piepsen einer Nachricht weckte mich. Im Halbschlaf tastete ich nach meinem Smartphone und fühlte mich in Sicherheit, geborgen und warm. *Habe gehört, du hast einen Geist aus dem Wald mitgebracht?* ☺, las ich Shiros Nachricht. *Wundere dich nicht, wenn mein Phone bis übermorgen aus ist. Mamagon will mir auch den Facebook-Account streichen, aber schreib mir trotzdem, vielleicht schaffe ich es, abends mal heimlich an den Rechner zu kommen.*

Ich musste lächeln. Mamagon – eine Kombination aus Mama und Dragon. So nannte Shiro ihre Mutter, seit die Aufnahmeprüfungen näher rückten. Ich begann eine Antwort zu tippen, doch ein Rascheln ließ mich herumfahren.

Mein Vater stand in meinem Zimmer. Er musste gerade erst von einer langen Nachtschicht heimgekommen sein, er

trug noch die Jacke mit dem Logo des Supermarktes. In der Hand hielt er meine neueste Manga-Skizze. Heute Nacht hatte ich nicht mehr daran gedacht, sie zu verstecken. Hastig verbarg ich wenigstens das Smartphone unter der Decke.

»Deine Mutter und ich haben dir das zweite Zimmer unserer Wohnung nicht für so etwas überlassen«, murmelte mein Vater. »Sondern damit du lernst.«

Ich senkte den Kopf. »Ich weiß. Tut mir leid.«

Er nickte. Seine Hände zitterten vor Müdigkeit, als er die Zeichnung wieder auf meine Schulbücher zurücklegte. Zum ersten Mal fiel mir auf, wie grau sein Haar geworden war. Und wieder einmal hatte ich das Gefühl, das sei meine Schuld.

»Von wem hast du das nur?«, murmelte er besorgt. »Du weißt doch, dass dir dieses Gekritzel für die Schule nichts nützt. Das ist nur Zeitverschwendung.«

Es waren nur Worte, aber trotzdem schmerzten sie, als hätte mein Vater mir eine Ohrfeige gegeben. Ich musste mich räuspern. »Ich werde euch schon nicht enttäuschen.«

»Natürlich wirst du das nicht!«, sagte er fast schon verwundert. »Du bist ein guter Sohn.«

Die Schule lag fast eine Stunde Fahrt entfernt. In der Bahn saß ich eingezwängt zwischen schwitzenden Leuten. An den Scheiben rann Kondenswasser herunter. Ich hätte alles dafür getan, Aki anrufen zu können, aber meine Eltern hatten mein Smartphone konfisziert. »Es ist das Beste für dich«, hatte meine Mutter gesagt. »Du brauchst jetzt deine ganze Konzentration für den Unterricht.«

Vor Frust und Müdigkeit nickte ich schon bei der dritten Station ein, ohne zu ahnen, dass es mein letzter Schlaf sein würde.

Das war vorgestern gewesen.

Glaube ich jedenfalls ...

Doch, natürlich!

Vorgestern.

Man sah noch, dass die Schule früher eine Fabrik gewesen war. Die Wände des Klassenzimmers waren gekachelt, trotzdem roch es nach Schimmel und die Stühle quietschten. Ich kannte keinen der anderen Schüler – aber jeder wusste mehr als ich. Die Schriftzeichen verschwammen vor meinen Augen. Und als die Lehrerin Formulare früherer Uni-Aufnahmeprüfungen austeilte und ich auf eine ganze Seite voller Fragen starrte, von denen ich keine einzige verstand, sprang ich auf und flüchtete aus dem Unterrichtsraum.

Die Toilette hatte kein Fenster, am Waschbecken leuchtete nur ein grelles grünes Hinweisschild neben dem Seifenspender. Ich ließ das Deckenlicht trotzdem ausgeschaltet. Ich schloss mich in einer der Kabinen ein und versuchte einfach nur die aufsteigende Angst niederzuatmen. Was mir nicht gelang.

Ich werde die Aufnahmeprüfungen nicht schaffen.

Weder die für die Universität noch die für irgendeine namenlose Fachoberschule. Es fällt mir immer noch nicht leicht, dieses Eingeständnis hier aufzuschreiben, aber die Wahrheit ist wohl nie einfach: Ja, ich werde als Enttäuschung für meine Familie enden.

Das wurde mir an diesem Morgen in der Paukschule klar.

Und wie zum Hohn glaubte ich im grünlichen Halbdunkel die Worte zu hören, die mir Shiro beim Abschied am Bahnhof ins Ohr geflüstert hatte. »Wir werden uns niemals trennen.«

Ich war nicht Demon eyes Kyo. Ich heulte.

Denn ich bin kein Dummkopf. In Japan hat jeder seinen Platz und ich kenne meinen viel zu gut, um darauf zu vertrauen, dass eine Elite-Studentin (und das wird Shiro bald sein) aus bestem Hause in einem Jahr noch Wert darauf legen wird, jemanden wie mich als besten Freund zu bezeichnen. Auch Akis Weg wird von mir wegführen – in die Universität von Tokio und dann in eine steile Karriere in der Hotelbranche.

Finger strichen über das Holz der Klotür, dann wurde die Klinke sacht heruntergedrückt. Hastig wischte ich mir über die Augen. »Hier ist besetzt!«, würgte ich hervor. Die Klinke schnappte zurück, dann war es still. Zu still.

Ich entriegelte die Tür und riss sie auf. Niemand stand davor. Doch im Schatten unter dem Waschbecken kauerte eine Gestalt. Ein Schatten im Schatten.

Ich weiß nicht mehr, wie ich nach Hause kam. Ich fühlte mich erst sicher, als ich in unserer leeren Wohnung stand, den Rücken gegen die geschlossene Tür gepresst. Ich wusste, dass es keinen Sinn hatte, nach meinem Smartphone zu suchen. Meine Mutter kannte mich gut genug, um es zur Arbeit mitzunehmen. Also schrieb ich meinen Freunden eine Mail. Sekunden später hatte ich ihre Antworten im Postfach. Sachliche Abwesenheitsmeldungen verkündeten, dass Shiro und Aki ihre Mails in den nächsten Wochen nicht lesen würden, weil sie Zeit zum Lernen brauchten.

Ich hinterließ ihnen bei Facebook eine Nachricht, dann rollte ich mich auf dem Futon zusammen und presste verzweifelt die Fäuste auf die Augen.

Inzwischen habe ich das Notfall-Geldversteck meiner Mutter gefunden und mir ein billiges gebrauchtes Handy organisiert. Doch offenbar ist Shiros Smartphone kaputt, ich höre stets nur ein atmosphärisches Knistern, das sich fast wie Flüstern anhört. Bei Aki klingelt es nur seltsam blechern ins Leere. Seine Anrufliste und meine Hilferufe per SMS scheint er nicht abzufragen, sonst hätte er sich doch längst bei mir gemeldet. Oder etwa nicht?

Ich schreibe Nachricht um Nachricht an Shiro, obwohl sie auf Facebook schon seit Tagen nicht mehr online war.

Seit drei Nächten habe ich nicht mehr geschlafen. Manchmal, in den ganz dunklen Stunden, bilde ich mir ein, dass unser Ausflug ein endgültiger Abschied war. Einer, von dem nur Shiro und Aki wussten.

Reiß dich zusammen, Taro!

Das ist nicht wahr!

Meine Eltern glauben, ich fahre morgens brav zum Unterricht, dabei verbringe ich den Tag im Technik-Distrikt, unter Menschen. Nicht, dass das etwas nützen würde. Es folgt mir trotzdem. Ich entdecke es hinter mir in den Spiegelungen der Schaufensterscheiben – manchmal in einem Türschatten, manchmal im Dunkel einer Hofeinfahrt, das einen schattenhaften Umriss birgt. Es treibt mich vor sich her, bis ich mich schließlich immer wieder in die Stille meines Zimmers flüchte. Das Verrückte ist, dass niemand außer mir das Ding hören kann. Der Manga-Verkäufer, den ich darauf ansprach, grinste nur. »Schlaf dich mal aus, Otaku«, sagte er.

Auch meine Mutter bemerkt das Scharren ungeduldiger Finger nicht, während sie mir morgens über den Tisch hinweg zulächelt. Ja, ich bin ein guter Sohn, egal, wie spät meine Eltern nachts von der Arbeit kommen, sie finden mich hellwach über meinen Büchern sitzend. Die ganze Nacht brennt in meinem Zimmer das Licht.

Ich werde mich hüten, die letzte Kerze zu löschen und die Dunkelheit hereinzulassen.

Jedes Kind weiß, dass nach der letzten Geschichte ein böser Geist erscheint.

Inzwischen habe ich rekonstruiert, was geschehen ist. Das Ding muss gespürt haben, dass ich der Schwächste unserer Gruppe war, derjenige, der verletzlich war und um unsere Freundschaft bangte. Wer weiß, wie lange es schon auf jemanden wie mich gewartet hat? Es ist mir den ganzen Weg bis nach Hause gefolgt und hat sich in den Schatten eingenistet. Seine dürren Finger zittern, wenn es an den Wänden entlangstreift, immer im Kreis herum, wahnsinnig vor Ungeduld.

Aber noch bin ich in Sicherheit.

Denn es braucht meine letzte Erlaubnis.

Im Schlaf nimmt es Shiros Gestalt an, es klopft an meine Seele und wartet, dass ich vor lauter Sehnsucht im Traum die zwei magischen Worte ausspreche: »Komm herein!«

Aber das wird nicht geschehen. Wachbleiben ist alles. Im Wachen habe ich alles unter Kontrolle.

Manchmal nicke ich dennoch für ein paar Minuten ein. Dann sage ich beinah – beinahe! – die Worte. Es ist so verlockend, so einfach!

»Die Geister sind es, die Menschen in den Wald locken.«

Das hat Shiro erzählt. Vielleicht sind diese alten Legenden ja tatsächlich wahr. Vielleicht dringen die Toten im Schlaf in die Seelen der Menschen ein, um sie wie Marionetten aus Fleisch und Blut in den Wald zurückzuführen?

Ich sollte wirklich ein paar Bücher lesen.

Über die bösen Geister des Aokigahara-Waldes.

Ich muss das Ding für immer aussperren. Aber wie?

Nicht einschlafen, Taro!

Shiro. Aki.

Ich muss noch einmal versuchen, sie anzurufen.

Aber es fällt so schwer, aufzustehen und mein Handy zu holen.

Ich bin müde.

So müde.

Nachwort

Schon als Kind habe ich Geistergeschichten geliebt, und sie begleiten mich auch in meinem Leben als Autorin. Einem Spuk gleich tauchen sie spätabends als Beiträge auf Lesefestivals auf, um dann gleich wieder in der Schublade zu verschwinden. Manchmal schreibe ich sie wie *Siebensachen* als Fingerübungen für ein bestimmtes Thema, bevor ich mich an einen Roman wage. Manchmal hallen wie in *Freunde fürs Leben* darin Reiseeindrücke wider – oder Echos aus der Vergangenheit, als ich zwölf Jahre alt war und genau wie Taro aus *Die letzte Geschichte* nicht mehr wagte, nachts das Licht auszumachen. Und oft fand ich Weihnachtsbäume gruselig und hätte schwören können, dass sie nicht so statisch und leblos sind, wie sie vorgeben zu sein. In einer Ursprungsversion ist die Geschichte *Katzensommerland* übrigens im Jahr 2005 in einer Weihnachtsanthologie des

Sauerländer Verlags erschienen. Der aufmerksame Leser wird aber nicht nur am neuen Titel *Katzenwinterland* bemerkt haben, dass diese Erzählung für *Siebengeschichten* überarbeitet und nach Florida versetzt wurde.

Es gibt kaum etwas Spannenderes, als den »Gruseltraditionen« verschiedener Länder nachzuspüren. Wovor sich Menschen in Japan, Frankreich oder Schweden fürchten, unterscheidet sich zwar nicht im Kern der Angst, umso unterschiedlicher aber sind die Gewänder und Verkleidungen, in welche diese Angst gehüllt ist. In Japan trägt sie die Fratze unversöhnlicher Rachegeister, sie spukt als blasse Frau mit wirrem schwarzem Haar durch Filme wie *The Ring* und *The Grudge*, und wer ihr begegnet, darf nicht auf Versöhnung hoffen. Manchmal trägt sie das Gesicht der schönen O-Tsuye, die jede Nacht ihren Geliebten besucht. Nur der Nachbar sieht, dass die Dame in Wirklichkeit ein Leichnam ist, der nachts den Friedhof verlässt. Diese Geschichte mit dem Titel *Die Dame mit der Päonienlaterne* hat mich als Jugendliche sehr fasziniert, ebenso wie andere Klassiker, die ich jedem Leser wärmstens ans Herz legen möchte: Spiegel aller Art (besonders solche, in denen man sich nachts bei Mondschein sieht) sind mir suspekt, seit mir Guy de Maupassants *Horla* schlaflose Nächte bereitet hat. *Der Wij* von Nikolai Gogol gibt dem Wort Totenwache eine ganz neue Bedeutung und über die Horror-Story *Die Affenpfote* von William W. Jacobs muss ich hier sicher kein Wort verlieren. Zu den Klassikern, die in eine gute Gruselsammlung gehören, zählen zudem *Das Bildnis des Dorian Gray* und Theodor Storms Gespenstergeschichten.

Auch Gebäude bergen so manches düstere Geheimnis. In Island hat so gut wie jedes Haus sein eigenes Hausgespenst, und mit den »Dunklen«, die im Garten und Gemäuer hausen, sollte man es sich niemals verscherzen. Tante Doris Klinik, das Newsham Park Hospital, wird als Spukort hoch gehandelt und gern von Geisterjägern besucht. Ich bin ganz sicher, dass es auch im Sir John Soane's Museum nicht immer mit rechten Dingen zugeht. Wer nach London reist, sollte jedenfalls unbedingt einen Abstecher in diesen wundersamen Hort der Artefakte machen. Und wer in der Gegend um das irische Kloster Kylemore Abbey (das bis 2010 tatsächlich auch ein Internat war) keinen irischen Feen und Geisterwesen begegnet, der würde wohl auch *Das verfluchte Haus in der Oxford Street* als nette Übernachtungsmöglichkeit empfehlen ...

Nina Blazon

JAHRMARKT DES SCHRECKENS

Ray Bradbury |
Reinhard Kleist
»Das Böse kommt auf leisen Sohlen«
Hardcover:
352 Seiten
ISBN 978-3-8489-2098-3

ALS SCHAUSTELLER IN GREENTOWN, Illionois, ihre Zelte aufschlagen, spüren die Freunde Jim und Will, dass etwas nicht mit rechten Dingen zugeht. Doch je weiter die beiden Jungen in die geheimnisvolle Jahrmarktwelt vordringen, desto mehr geraten sie auch selbst ins Visier des Bösen.

www.aladin-verlag.de

ALADIN

MIX
Papier aus verantwortungsvollen Quellen
FSC® C014496

1. Auflage 2018

Lektorat: Petra Deistler-Kaufmann
Umschlaggestaltung, Layout, Herstellung, Satz: Karin Kröll
Lithografie: Margit Dittes Media, Hamburg
Druck und Bindung: GGP Media GmbH, Pößneck
Printed in Germany
ISBN 978-3-8489-21133

www.aladin-verlag.de